INK

People 001

總裁業務員

黃志明•著

目次

CONTENTS

PART 1 頂尖壽險業務的養成之路

PART 2

你可以更靠近成功

PART 3

越過巨人的肩頭邁向顛峰

找對戰場，追求屬於自己的成功

政大商學院院長
吳思華

職場如戰場，在激烈的競爭環境中，想要發揮自己的最高價值，就必須要找出利基，走對方向。

十一年前，黃志明以優秀的學業成績畢業於政大企研所，今日，他更以傑出的工作表現，在壽險業界獲得極高的殊榮TOT，這其中除了他本人努力不懈的工作態度外，「策略思考」，更是成功的關鍵因素。

個人的生涯規畫就如同企業的經營發展一樣，必須先有願景、目標，再配合上縝密的行動計畫。每個人都得深入思考過自己未來眞正想要過的人生，擬出短、中、長期的職涯目標，然後配合環境的變化，擬定出可達成目標的行動方案，最終才能獲致屬於自己的成功人生。從本書中每一段的故事裡，都可以清楚看見黃志明將上述概念在工作領域中不斷體現。

從本書的內容可發現，企業經營的精神除了能直接運用在企業實體的運作制度，如果能掌握住其中的精髓並活用在個人的事業發展、生活交際上，對於個人的生涯整體將會有極大裨益，黃志明的成功過程就是一個很好的例子。

我認識黃志明已超過十三年，在校期間他對知識、專業研究的執著與專注令人印象深刻，後來亦常常見到志明分享他在工作中的體會和成就。誠如書中所言：「學歷是爲了學習能力」，黃志明在政大企研所提供的不同層面學習中，發展出更深刻的思考能力與自我成長潛力，這正是教育的目的、意義之一。

很欣喜看到黃志明能將在研究所裡修習的許多知識轉化爲日後工作、生活上的養分，眞心希望未來能看到在各行各業中有更多、更多的黃志明，不斷地嶄露頭角，持續地爲社會奉獻。

成功就是選擇走不同的路，然後堅持下去

信義房屋董事長
周俊吉

這本書敘述一位頂尖壽險業務員如何經營他的壽險事業，然而我以爲，不僅壽險業務員該看，同時也適用於從事其他業務性質工作的人；不僅從事業務工作者可以獲益，所有在職場上打拚的年輕人亦能自書中得到啓發。

作者來辦公室找我爲這本書寫序時，我正好不在。回來後，因爲對他和對壽險業不熟而遲遲不敢答應，直到仔細閱讀全文後才決定提筆寫序。其原由並不只是因爲作者在自序中，謙稱深受我當年一句話「人要鶴立雞群，不要雞立鶴群」影響而決定走不同的路，而是因爲這本書除了記載作者個人在職場上成長、挫折、成功的過程外，更有許許多多的成功法則可運用在各個領域。茲將

其中特別令我感同深受的段落及我個人另外的聯想摘錄於下：

一、衡外情，量己力

鐘鼎山林，各有天性。如何找尋出一個能充分將自己的優點與特質發揮的領域？首要能審時度勢，誠如作者所說，從學生時代開始他就不斷在觀察自己與同學間的差異，了解到作爲一位優秀工程師與天俱來的設計天分，是一種不易跨越的鴻溝，即便用盡後天的努力苦苦追趕，永遠只能戰戰兢兢地守住第二名的位子，遙望第一名的背影。在此邏輯下，作者最終選擇了一個可以讓他的特質與學歷得以充分發揮，甚至優於他人的壽險業，再加上本身的努力不懈，成就了一個明星級的總裁業務員。

二、設定理念、願景、目標

「阿銘辦大學」是最近一個很具討論、更充滿勵志性的廣告。什麼樣的動力，竟驅使一個賣牛肉麵的市井小民，敢做凡人不敢做的大夢？這個核心動力就是先要有一個理念，進而把理念勾勒出具象化的願景，然後依據願景設定出短、中、長期的目標，一步一腳印的實踐。這個道理不但適用於個人的職涯發展，也可運用在企業的經營運作。想通了這層道理之後，再看看「阿銘辦大學」也就不是那麼遙不可及了！人因爲有夢想而偉大，格局成就結局，相信有志者事竟成。

三、焦點法則，全力投入

登高自卑，行遠自邇。當你設定好目標就要「緊緊盯住遠方的那一點光」，心無旁騖不要見異思遷。或許我們周遭不乏有一步登天的案例，如文中所述的高額保單從天而降。但人生不能靠運氣，實力才是成功的保證。西洋有句諺語「no pains,no gains」，有付出雖不一定有相對的回饋，但天下不會有白吃的午餐。尤其在專業掛帥的今天，更需集中資源，在每一個不同的階段建立單一焦點目標，進而開創出屬於自己的事業版圖。

四、積極面對挫折，再出發

口足畫家謝坤山說：「因爲你一直看你沒有的，所以你覺得沒有希望；而我一直看我擁有的，所以我覺得有希望。」這是多麼積極的人生觀！在人生的道路上充滿各種的險阻與挑戰，有時成功、有時則難免頓挫，重點是你選擇用什麼態度面對挫折。作者給我們一個積極又簡單的方法：「快速的分解挫折，並將之化成養分吸收」，跌倒了，聳聳肩，再將失敗經驗當成下次成功的養分，這是何等瀟脫、何等智慧。

在我經營的企業中，常有業務同仁會問：「業務可以做一輩子嗎？」我想，本書提供了一個很好的解答：「不斷的追求自我的昇華，你的眼中將不再只是個人業績的提升，更具意義的是在行業中樹立典範，還能改變人類的生活」。我以爲，個人如此，企業亦可比照，其中深意值得我們細細品味。

一個令人興奮的成功榜樣

美商保德信人壽總經理
金段宇

第一次認識黃志明，是在二〇〇一年保德信集團倫敦董事長盃全球表揚大會，當時，他以台灣保德信人壽年度最優秀壽險顧問身分上台接受表揚，並同台與其他國家的最優秀壽險顧問接受訪問。作爲一個台灣保德信代表性人物，志明展現的自信與專業，我個人也深感與有榮焉。

志明是位傑出的壽險顧問，他做到了一般壽險從業人員認爲不可能的任務：百萬圓桌協會頂尖會員資格TOT。我個人在壽險生涯當中，也曾有過多次達成MDRT的經驗，深深了解達成TOT這個境界的困難與挑戰。在壽險這個行業裡面，許多人把MDRT看作極高難度的工程，有人連想都沒敢去想它，但志明以堅定而持續的行動力，證明它不但是可能，而且是身爲一個成功壽險從業人員最起碼的水平。從志明身上，我看到他個人目標明確，意念集中，努力創造自己發揮的舞台，做人所不能之事，爲自己開啓壽險事業一片無限天空。對有志於開創個人事業的讀者而言，他是令人興奮的成功榜樣。

今天的志明，在外人眼中是位了不起的壽險專業人士，然而他並未因此而自滿，依然一本當初加入行業的初衷，不論客户是什麼狀況，都盡一己之能爲他們提供周全的服務。身爲一位壽險顧問，最大成就是得到客户的信賴與肯定，把他們生命中最重要的一件事對家人的愛與關懷，透過保險交到我們手中，每位客户的生死付託，是我們的榮耀，也是無法推卸的責任。志明在加入壽險業初期，即經歷過令他難以忘懷的理賠事故，也因此而認識保險最深層的價值，促使他日後在壽險事業途中，每逢自己疲憊時，都會自己再站起來，邁步向前走下去。成功人士皆爲自己找到力量的泉源，志明也不例外。

今年夏天，我接任台灣保德信國際人壽公司總經理職務，恰逢志明有意將從事壽險心路歷程付諸文字，個人覺得十分值得鼓勵，謹以此文與大家共享。

自序

從出版社和我接洽出書至今，也將近一年的時間了，看到這本書完稿付梓，心中一塊懸宕許久的石頭終於放下。出這本書的目的並非爲了說教當然更不是炫耀，而是因爲近八年的壽險生涯中，我眼看許多人在壽險業界來去沉浮、上下起落，再回顧自己從零至今的辛苦過程，不禁興起許多感觸。

尤其是近年來，很多人常好奇詢問，我是如何一路走來並獲得成功，這個大哉問的答案實在很難在短時間內以三言兩語讓對方完全明白。所以我想，也許現階段已經適合將這些年來的感受、想法詳實地紀錄下來，讓有興趣了解我是如何獲致成功的讀者們，能在字裡行間尋到他們需要的答案。

這八年的壽險生涯裡，當然受到許多他人的協助與鼓勵。早期公司的栽培教育，灌輸了我許多關於專業涵養、長期承諾、客戶至上的工作概念；我的第一位主管Gordon Lin對我的信任、包容與鼓勵也是支持我走到今天的關鍵。我自認並不是一個人際敏感度很強的人，所以在同事相處上，有時難免顯得急躁、嚴峻，眞心感激他們一直以來的忍受。我也感謝所有客户對我的包容，因爲服務永遠不會達到完美的境界。

另外，在研究所學習的那段時間，老師及同學們帶給我觀念上的許多轉變，至今我仍受用無窮；我始終深信，政大企研所提供了最好的企業家養成教育。感謝曾經花時間前來聽我演講的人，也感謝所有曾經拒絕過我的人，因爲你們的聆聽和拒絕都令我日後獲得更大的成長。

我還要感謝印刻出版公司以及主編陳嬿文小姐：謝謝嬿文一直鍥而不捨地努力奔波，終於促成此書的完成。也謝謝倩鳳的悉心整理編寫，使得本書更具可讀性。最後我要感謝父母親給我的無限支持，和願意與我分享這八年來點點滴滴的讀者你。

很盼望讀者們在閱讀本書後，能夠對「成功」這兩個字背後的意涵有著更深刻的思考；這些思考或許隱含了你對成功的偏見與誤解，但那其實無關緊要，重要的是你能依循自己的價值觀去追求自己想要的生活方式。衷心希望透過文字的敘述，能與各位讀者交換自己的想法與經驗，並期待這些經驗的傳承能幫助一些同業後進，使他們毋需多走冤枉路。

1 頂尖壽險業務的養成之路

我想創造一種個人價值，
是任何外力無法掠奪的，
不論我將來如何發展，
這些價值都將為我帶來更高的談判籌碼。
壽險業務員可以依照不同客戶的家庭組成、經濟狀況，
為他們量身打造最合適的保險組合，
所倚賴的正是業務員本身的專業素養，
個人價值因此得以發揮。

寧願鶴立雞群，而不要雞立鶴群

80／20法則說：「我們的失敗，大多數發生在參加了別人要我們參加的競賽。我們的成功，大部分出現於自己想參與競賽時。我們不能贏得大多數的競賽，是因爲進入了錯誤的競爭。如果讓機會對我們有利，這會比光是努力來得更有勝算。」「人人都可以完成重要的事務，重點不在於努力與否，而是找出應該在什麼事情上努力。」

爲了能選擇一塊能將自己的特質與優點發揮得淋漓盡致的領域，我常思考我的機會點在哪裡。在大同工學院電機系就讀的大學生涯裡，一如往昔認眞與學習，使我的課業表現保持在一定水準內，但我還是不斷在觀察我和班上同學之間的差異。

我們不能贏得大多數的競賽，
是因為進入了錯誤的競爭。
如果讓機會對我們有利，這會比光是努力來得更有勝算。

還記得有一次爲了交出老師指定的一項電機作品，我整整花了一個星期構思模型、購買材料、製作成品。截止日期的前三天，在校園中遇到了一位共同修課的同學，我順口問起他作業完成的進度，他摸著頭不好意思地笑著說：「還沒開始做呢！」三天後，在課堂上睡眼惺忪的他竟帶著熬夜完成的作品如期繳交。在我好奇地詢問下，得知他整個作品的材料費僅僅花了三百多元，而我卻爲了完成作業花了五百多元的成本。當下，心底的強烈衝擊讓我開始詢問自己，當我花了數倍的努力與時間，卻無法做出成本更低廉，品質更優秀的產品時，我還能在這塊領域掙出屬於我的一方天地嗎？

在電子設計及電機工程的領域中，一位優秀工程師與天俱來的的天分、創意正如同傑出的畫家或作家一樣，是一種不容易跨越的鴻溝，就算用盡後天的努力苦苦追趕，我永遠只能戰戰兢兢地守住第二名的位子，遙望第一名的背影。與其將全副心力放在一個沒有機會奪下王冠的戰場上，另闢一片能發揮我個人優勢的疆土，或許是對未來更好的選擇、對自己更負責的態度，所以我不斷問自己：有哪些特質能讓我在同儕間走出不同的路？

大四時，學校課程安排有很多電子、電機設計實驗，這些實驗課程的主要內容在於設計一些小的元件，並結合很多基本的功能，以完成老師要求的作業系統。在這堂課程中，我發現自己對整個系統的理解力比個別元件功能的掌握度要高；對我而言，搞清楚一套系統的整合關係輕而易舉，但對單一功能的細節卻無法深入掌握，因此我必須找到一位對細節很了解的夥伴，結合上我對系統的完整概念，才能形成一個絕佳組合。

當時系上有一位創意十足的同學，設計靈感源源不絕，總能在短時間內想出極佳點子，但卻苦於無法在老師面前解說構想的來龍去脈；相形之下，作品設計風格平實的我卻能夠不疾不徐地，以清晰的說明讓指導老師確實了解我的發想架構。因此，當我倆發揮所長，共同合作，帶著作品向老師講解完畢後，老師對我倆組合所發揮的綜效有著極高的評價，「既有創意又概念清晰」是對我們作品的讚賞。在這堂課裡，不僅讓我體會到團隊合作的眞義，也讓我意識到自己在口語表達上的能力勝於同儕。

當系上同學忙於工學院的繁重課業時，我一個人跑去修了美國史、藝術欣賞、中國近代史、哲學思想、工業管理等人文課程，課暇之餘也喜歡捧著一本本的名人傳記閱讀。其中，艾科卡、卡內基、王安等人管理企業的故事都在我心底激起極大迴盪，緊扣住我心弦的不僅是從無到有或扭轉頹勢的精彩情節，那份企業領導人身上流曳出的泱泱大度，更讓我深深著迷。

工學院專注細節的嚴格訓練雖然扎實，但卻比較重視解決單一元件的狀況，尤其是在大學階段，很難學習到一個系統的設計，而這些功能設計其實是很基礎的層次。相較之下，那些企業家在管理企業上所展現的系統性思考與格局的廣闊對我形成更大的吸引力；他們帶領一個團隊爲產業注入一股新創意的氣魄，也領著我從專研技術的層次飛翔至企業領導的境界。

喜歡人文、擅長團隊運作及傑出的口語表達能力，是我與系上同學不同之處，因此畢業前我做出了決定：報考專研管理的企管研究所。

我從來沒有後悔這個與眾不同的決定。唸政大企管研究所時，工學院所受的嚴謹訓練與邏輯思考，讓我在管理領域遊刃有餘。當時政大企家班同學，也是信義房屋創辦人周俊吉曾經分享過一段他的心路歷程：「以我文化大學法律系畢業的背景，如果和別人一樣走司法官或律師這一條路，一定比不上那些台大、政大畢業的學生，但是我的法律背景在房屋仲介這個行業，卻有很大的優勢。」同樣一把武器在不同戰場產生勝負有別的效果，是我也曾有過的經驗。「人寧願鶴立雞群，而不要雞立鶴群！」周俊吉說過的這句話對我產生很大的影響，也成爲我日後選擇職場時深藏於心的圭臬。

燙手山芋的營養成分？

在我入伍當兵的那段時間裡，奉命接下全營區的辦伙工作，使我發現自己對環境的適應能力還不錯，而且非常擅長溝通協調。

辦伙是件吃力不討好的差事，許多人避之唯恐不及，就算硬著頭皮接下這份任務，要獲得上下的一致好評也不容易，所以廚房便成了一般人都不願意插手的三不管地帶。但是既然被指派了這項任務，我就決定盡力一試，不想敷衍了事。

當時我帶領的一群阿兵哥來自全省各地，三教九流的複雜背景和我之前單純的學生身分大不相同。我心想，如果要讓這群人聽從我的想法，一起完成辦伙的任務，除了長官的威嚴外，我必須用不同的方式讓他們願意和我共同合作，以免在我背後捅出漏子。

在未接任前，我透過營上的士官長，舉辦了一個小型的聚會，會中我盡量製造和阿兵哥們互動的機會，讓他們在心中對我留下親切的好感。接任後，我秉持不拿任何好處、親力親爲以及賞罰分明的三個原則，讓所有的阿兵哥清楚了解我做事一貫的態度，也讓他們可以掌握我的處事之道。

比方說，不管任何的利益回扣，我都一概拒絕接受。有時候，實在不忍拂逆一些菜商的好意餽贈，但是右手接下後，左手立即轉贈給表現不錯的伙房阿兵哥。每天早上買菜的帳目也必定在中午以前結清，表格上詳實記載了今天採購物品的價格與數量，當天中午前就將帳目報表呈給上級主管。

我雖然不必親自負責採購的相關事宜，但是我選擇放棄睡大頭覺的機會，每天清晨五點鐘，必定陪著阿兵哥到採買中心去購買今天需要的蔬果食材。到了晚上，我也會一起參與菜單的討論，這些以身作則的舉動看在阿兵哥眼裡，他們可以感受到我對這件事的參與度很高，也極度重視這件事的成敗，不同於以往承辦人馬虎的態度，所以自然帶動了他們一致投入。

更重要的是我不斷地告誡他們：「如果我因爲辦伙而獲得上頭的嘉賞，那麼你們不但可以記功嘉獎，我還會爲你們盡量爭取放假的機會。相反地，如果因爲你們出了紕漏而害我被上級盯的話，那麼你們所受到的懲處絕對比我更嚴重，你們的下場一定會比我更慘。」

在這樣的恩威並重、軟硬兼施的情形下，我們這次的辦伙任務可說是空前的成功，獲得全營上下的高度認可與贊同。依照之前的承諾，我帶領的阿兵哥們每一個都獲得了很棒的獎賞。

還有一次經驗也令我印象深刻。一位管理通訊中心的上尉得了肝病，身

自己可以提醒自己別忘記以對方的角度思考事情，
但是如何在彼此對立僵持的狀態下，將對方拉近你的立場
來做思考，可就是一件更考驗溝通功力的難題。

體狀況實在不允許太過辛苦操勞的工作，因此急需一位上尉或少校來接任他的職務。當時身為有線通訊官的我只是少尉身分，並不符合接任人選的資格，但因爲情況所需，我還是接下了他的職缺。

當時國防部每年從全省各地抽籤選出兩個單位進行視察工作，由於被抽選到的機率實在太小，所以許多單位十幾年來從未做過相關的準備工作。很不湊巧地，我所屬的通訊中心正是那年兩個被視察單位中的一個。

剛接任的我，對所屬的工作內容還沒完全上手，忽然間又接到這個緊急任務，在完全沒有經驗又找不到相關資料的情形下，我只好硬著頭皮想出各種方式去籌備這個視察活動。雖然盡了力，但過程中仍難免有一些瑕疵。事後，來此視察的上級長官把我叫過去，發現我原來只是個少尉，就一肩承擔起這樣艱鉅的籌備責任，心裡原本預備的訓誡之詞全部轉爲嘉獎。

在辦伙以及整個籌備視察活動的過程中，我發現自己不但有能力能夠將他人眼中的麻煩一一處理好，對於擔任協調溝通的工作也有了一番心得。溝通協調最重要的兩部分就是：站在對方的立場，以及讓對方站在你的立場思考。比較難做到的其實是後者。

我們可以提醒自己別忘記以對方的角度思考事情，但是如何在彼此對立僵持的狀態下，將對方拉近你的立場來思考，可就是一件考驗溝通功力的難題了。這時能夠做的，就是從自己的態度先行示範，展現出你從對方立場思考後所做的妥協與改變，藉著自己的誠意化解對方的怒氣，再請求對方能夠以你的立場去設想，拉近兩端的歧見與爭執，並重新坐下來，一同思考如何解決眼前的困難。

在當兵的一年八個月中，我沒有選擇抱著一天混過一天數饅頭的消極心態，反而從別人棄之如敝屣的任務裡，學習到日後在工作上可資運用的許多技巧，並從這些挑戰中，發現了自己的潛能。燙手山芋中究竟有多少營養成分，端賴你願意以何種態度面對、用什麼方法解決。

「以黃志明說的算數」

服完兵役後，我進入政大企研所就讀，學習到企業經營的不同層面；和許多已是企業界成功人士的同學齊聚一堂修習課業，確實令我獲益匪淺。

剛自研究所畢業時，一股「MBA學生畢業後，只會往金融界鑽、玩弄數字遊戲，對產業界沒有實質貢獻」的批評風潮正在社會中蔓延。剛畢業的我仍保有年輕人的理想與抱負，希望在這股批評浪潮中，勇敢地走出一條不同於他人的路，因此毅然決定投入製造業。

當時羅馬磁磚的副總正是政大企研所的學長，他身上所展現出的高超行銷能力，令我深為折服。他極力希盼我進入羅馬磁磚效力時，羅馬磁磚正準備上市，公司開始跨入制度化管理的階段，在這個轉變關頭，其中的揮灑空間很大，所以我選擇進入了這樣一個陌生的製造業領域。

在羅馬磁磚工作的那段時間裡，「與人溝通」及「取得他人信任」這兩項能力，是我最大的學習與收穫。對我而言，誠懇坦白、不迴避是我順利推展業務工作的態度。例如，當公司生產線無法如期配合客戶的需求時，我一定會在第一時間讓客戶了解實情，雙方一起尋求補救之道，將彼此損害減到最低，才不會落到兩者皆輸的局面。

還記得當初公司因爲作業時間需要，所以規定下午以後，不再接受出貨單，有一次一位客戶有緊急狀況，需要馬上下訂單出貨，當時公司負責出貨的工作人員礙於公司政策，斷然拒絕了對方的請求。當我在第一時間獲知這個情況，二話不說立即和負責人員聯絡，經過不斷溝通，並在「絕無下次」的一再保證下，獲得通融出貨。

其實大部分的人都願意做正面善意的配合，端看自己是否有積極主動地去溝通、去尋求解決問題之道。雖然，這件事對我並沒有立即的好處，但後續的印象卻會影響客戶對公司的信任，而這種積極的態度也會感染到其他同仁，連帶使自己有相當的成就感。

在羅馬磁磚服務的第二年，我接下了台中地區的經銷業務工作。當時週六的下午是上班族週末假期的開始，但是我沒有利用休假遊山玩水，反而一到週六下午，就往彰化一家經銷商跑，參加經銷商公司每週六下午的檢討會議。初期，公司員工們對於我殷勤往返、展現比他們更積極的工作態度，深感莫名其妙，還嫌我這個人過於雞婆。

那時羅馬磁磚的產品是以貨櫃進貨，直接送到經銷商倉庫，並由一位倉管人員向我說明進貨及破損的狀況。有一次一批貨進倉庫後，一位倉管人員告訴我這批貨裡有二十箱破損，但根據我的經驗盤算後，心想應該沒有這麼有些事對我並沒有立即的好處，但後續的印象卻會影響客戶對公司的信任，而這種積極的態度也會感染到其他同仁，連帶使自己有相當的成就感。

多的破損，於是原本可以早早下班的全體工作人員，總共多花了三、四個小時，開箱清點整批貨，最後證明了我的堅持是正確的。日後這批工作人員在遇到相似情況時，都是全體無異議通過「以黃志明說的算數」。

一年後，我負責地區的業務單位摘下業績全省第一的寶座，時間一久，我也因善於溝通及勇於任事的積極表現，在經銷商的心目中逐漸累積出「公正、信用、認眞」的印象，日後當經銷商需要與總公司簽訂供貨契約時，都希望我能在場，這樣的要求也引起了老闆的高度注意。後來這位經銷商得知我即將離開羅馬磁磚時，還極力說服我去他的香港分公司工作。

在這一次次對工作的堅持中，我對於自己的能力益發感到自信，也深刻體會到積極的工作態度才是贏得他人信任的關鍵。從小到大，每一個人都被灌輸了很多待人處世的道理及原則，但眞正的體會、感受，則是到了職場上與他人的互動過程裡，一點一滴漸漸磨練出來的。第一份工作讓我培養了許多正確的工作觀，日後在職場上受益無窮。

未來的方向隱藏在眼前的工作中

進入羅馬磁磚不久後，公司希望我接下台中的業務工作，我沒有一般人對業務的恐懼心態，也不會心生排斥，反而躍躍欲試。

我知道以我ＭＢＡ的學歷背景，若去接管財務方面的工作，表現一定在水準之上，同時我心裡也明白，若去嘗試未曾接觸過的業務工作，可能只會有四十分的成績；但相反地，我也可能因爲不同的教育訓練背景而有極爲傑出的表現，這其中的發揮空間很大。爲了想測試自己在業務方面有多大的可能性，我決定放手一試。

如何摸索出自己的興趣、找到一個適合自己的產業並不是一門簡單的功

社會新鮮人在工作初期沒有所謂的「規畫」可言，
學校所學不見得就是未來能夠藉以大展身手的工具，
重要的是盡量接觸多樣領域，探索自己需要的知識及能力。

課，有時工作上的小變動可能會帶來日後因緣際會的大改變。所以當你被指派一項不擅長的新任務時，先不要在一開始就抱持排斥逃避的心態，試著盡全力去做，如果事後有美滿的結果，表示你或許可能有這方面的潛在專長，可以留待日後慢慢發掘；但若成效不好，也不用太沮喪，因爲你已盡了力，只是不適合這類工作。

有些人會抱怨公司分配的任務對日後的生涯規畫沒有直接幫助，所以工作效率低落，但我認爲社會新鮮人在工作初期沒有所謂的「規畫」可言，只有抱持著盡量嘗試的心態，全力做做看，邊做邊摸索出適合自己的方向，才能對下一步的規畫做出更明智的抉擇。

一個人職業生涯的初期三、四年，最重要的就是摸索出自己的興趣、所長及適合從事的產業別，以便在未來的工作生涯中繼續鑽研。在學校所修習的科目不見得就是你未來能夠藉以大展身手的工具，所以工作初期若能接觸到多樣領域，將會有更多的機會探索自己需要的知識及能力。

工作上的各項能力，至少應該有七十分以上的水準，但每個人必定會有一兩項的特殊才能可以達到九十分以上的高分。假設一個人擅長策略思考卻拙於溝通，就應該去磨練自己的溝通技巧；但若一般能力已然具備，而將心力著重於自己的強項，是更能發揮己身優勢的選擇。

具有MBA背景的人在從事製造業時，通常傾向於行銷、企畫類的工作，較少直接參與生產流程，因此即使提出一個不錯的企畫案，卻會因為生產製造階段無法順利推展而宣告夭折。身處這樣的情況倍感痛苦，我也開始思考自己是否該轉換不同性質的工作，或許會讓我有更大的揮灑空間。

在羅馬磁磚的第二年，我對業務銷售的工作可說已遊刃有餘，我也意識到「需要溝通長才的業務銷售」或許是我可以一展身手的舞台。每個人適合

如果你還不知道自己想要追求的生涯目標，
那麼不妨專注在眼前的工作上，
或許它正對你透露出蛛絲馬跡的成功訊息！

的路不同，並不是人人都要當業務才能獲得成功，但我相信一位有心創業的人，如果走過業務的路，其中的學習會有相當大的助益，因爲業務其實就是一種統合的能力，要結合公司內的各種資源以獲得客戶的認同。以建材業而言，一位優秀的業務需先在公司的業務部、產銷部、研發部等部門間做好溝通協調，獲得一致的結論後，才能在客戶面前立出承諾，可說是擔任公司內各部門，以及公司與客戶之間的橋梁。

多方嘗試的心態讓我摸索出一個未來的方向，全力做好的原則讓我知道自己所長爲何，如果你還不知道自己想要追求的生涯目標，那麼不妨專注在眼前的工作上，或許它正對你透露出蛛絲馬跡的成功訊息！

離開是爲了走更適合自己的路

每個人都希望自己的企畫能夠達到一百分或九十分的表現，但在實際的組織運作裡，最後由許多不同部門的同仁共同完成的成果，若能呈現出七十分的水準就值得慶幸了。年輕時，看到不如己意的進度時，難免會解讀成其他人和你唱反調，或他們未盡全力配合，但隨著工作歷練的增加，我逐漸了解到每個人手邊可能都還有其他不同的任務在同時進行，他們也有各自的做事方式與態度，所以我仍會盡個人全力去推動，但做好心理準備，最後的結果可能只有七十分。

當然組織運作不會完全在理性的軌道上運轉，不同部門之間的利益或觀點衝突會不斷發生。

工作初期應是「學習重於表現」，因此一個制度完善的工作環境會是新鮮人更好的學習搖籃。而重要的是，當你轉換工作時，能夠從那裡帶走的能力有多少。

一九九四年初，羅馬磁磚正準備自日本引進一種新型產品，適用於工業廠房或大型停車場的地面鋪材，有著耐磨、防滑、不吸水等優點，日本許多大汽車公司，例如：豐田、HONDA等公司都已經採用這項新產品。

同年四月，我赴日受訓，準備引進這項我極看好的新產品，但這個計畫卻一直無法順利推展，因爲引進這新產品，公司必須花費額外的資源在充實設備上，而且新建材的推廣期很長，兩三年之後試用的口碑效應才能在業績數字上展現出來。我的直屬長官雖然認同這項新產品，卻有其他的考量，認爲公司資源應該運用在能使業績曲線立即提升的產品上。

和直屬上司意見相左的期間，極大的掙扎不斷在我心頭糾結。我眼睜睜地看著這個由我一手催生、主導的企畫案逐漸胎死腹中，對產品信心滿滿卻無力可回天的無奈終於令我下定決心求去。

現在再回過頭來看這段經歷，其實對我也有正面意義：它讓我下定決心離開我不適合的工作。有時候人們明知這個工作不適合自己，卻沒有足夠的動力邁出腳步，因爲不知道前方到底是機會還是風險，而有時候，人們對風險的恐懼又勝過對機會的渴望。

當時因爲不想看到這個企畫案在我手上夭折，所以還帶著理想色彩的我下定決心離開，但是適度的妥協對於工作的順利執行是絕對必要的。工作的妥協並不限於辦公室內的人際斡旋，有時和自己或家人也會有妥協的必要。例如，當自己的健康或家人相處的時間和工作產生牴觸時，如何做好選擇及安排，也是一種妥協的藝術。

歷經十年工作生涯後，當我再回想這一段過程，會覺得自己畢業時做了一個錯誤的決定。其實每一個人都該做適性的選擇，適合行銷的人就該去做行銷的相關工作、對服務業有興趣的人就該去嘗試服務業。有時他人的意見

有時他人的意見或外在環境，會影響我們所做的決定，
但認清自己的興趣及特長並勇敢追求，
應該是更重要的堅持。

或外在環境，會影響我們所做的決定，但認清自己的興趣及特長並勇敢追求，應該是更重要的堅持。

當時的我犯了一個年輕人容易犯的毛病，就是太心急了，希望能儘快嶄露頭角。若選擇羅馬磁磚，我能有更多機會和經營高層互動，也能直接發揮我的影響力，但我忽略了工作初期應是「學習重於表現」，因此一個制度完善的工作環境會是新鮮人最好的學習搖籃。

對我而言，走入製造業之所以成爲一個錯誤的抉擇，原因在於製造業很強調製造產品的效率及管理，重視日復一日的生產流程，較少創意的表現空間，而我的個性喜歡挑戰，有活躍的思考方式，所以在製造業會有施展不開的困境。

畢業之初，社會新鮮人的徬徨、不確定感當然我也有過，因此徵詢過許

多前輩的意見，希望能在他們的經驗分享裡，整理出未來的工作方向。但現在的我深深體會到每個人的經驗與走過的路程不盡相同，沒有一個人的成功模式能完全套用在我身上。

我建議剛畢業的年輕人可以選擇制度完善、歷史悠久的大型企業，尤其是管理制度已經成熟上軌道的上市公司。選擇這類公司的優點在於，能夠較完整了解大型公司的運作模式，當然另一方面的缺點是出頭難、獲得擢昇的機會少。但新鮮人若是抱持著學習的心態做事，這方面的挫折感會隨之降低，畢竟你未必會在這家企業待上一輩子，重要的是當你轉換工作時，你身上能夠帶走的能力有多少。

尋找最能發揮個人價值的行業

因爲喜歡業務工作具有成敗掌握在自己手上的性質，所以決定選擇業務銷售作爲下一步的工作方向。但業務工作的一個缺點是，當我敲定客戶的訂單後，無法確實掌握後續產品的生產行銷流程，而我期待銷售一份能發揮最大個人價值的產品。經過資料收集後，我初步鎖定了房地產、電腦及保險三個行業爲考慮範圍。

關於房地產，我考慮到成交關鍵仍在於房子本身的條件；一幢地點佳、採光好又通風、格局方正、價格合理的房屋，自然會吸引許多人來購買，若是交通不便、出過事、會淹水或山坡地帶的房子，就算我說破了嘴，也很難賣出好價錢。我覺得房地產經紀人在其中能夠發揮的部分不夠寬廣，而且一

我想創造一種個人價值，是公司或其他外力無法掠奪的，
不論我將來如何發展，
這些價值都將為我帶來更高的談判籌碼。

個人一生買賣房屋的機會有限，這又侷限了業務員的發展空間，所以房地產的銷售工作被我摒除在外。

當時電腦相關產品的銷售，也是業務工作中的熱門行業，而且我大學時代所修習的本科就是電機，因此上手不難。但對於這個行業，我有著相同的考量，那就是，電腦產品的銷售仍在於產品本身品質的好壞，產品在前端製造過程所造成的品質良窳，並不是站在前線販售的我所能掌握，公司推出什麼產品，只能照單全收地銷售，我真的能夠從中發展自己獨特的價值嗎？

再加上，電腦相關產品新舊汰換率太高，新型的機種不斷推陳出新，客戶選擇的標準是電腦的品牌形象以及數千元的價格差異，跟業務員本身的專業素質沒有太大關聯，因此電腦公司會花更大的心思在研發各式新產品及品牌形象塑造上。這個行業裡，業務員在不同電腦公司間的流動率高，長久累積的專業素質不會形成太大的市場區隔。

正巧當時《商業周刊》的封底刊登了一則令人印象深刻的廣告，一枚放大的象棋「帥」，佔了絕大部分的版面，這個帥字上還多加了一筆，成爲一個「師」字，下端的字句說明了一家外商人壽正在招募一群專業的壽險顧問。「壽險規畫師」的字眼，讓我決定去進一步了解壽險這個行業。

在和這家外商人壽招募人員的面談過程中，我問了他們一句話：「在台灣，你們現在最注意的競爭對手是誰？」他們回答「保德信」，因此我開始深入了解保德信這家公司。當時已經在台灣發展四、五年的保德信，一直標榜專業的顧問服務，這一點深深打動了我。

我發現在保險業裡，業務員可以憑藉個人的解說能力，向客戶清楚說明「無形的產品」，其中的挑戰及樂趣讓我有意深入探索。而且保險業務員可以依照不同客戶的家庭組成、經濟狀況，搭配公司的不同產品，爲他們量身打造最合適的保險組合，所倚賴的正是業務員本身的專業素養，因此一位優秀保險業務員可以依照不同客戶的家庭組成、經濟狀況，為他們量身打造最合適的保險組合，所倚賴的正是業務員本身的專業素養，個人價值因此得以發揮。

業務員的努力付出必然會獲得客戶的認同與尊重。

此時另外一件插曲成爲我加入壽險業的臨門一腳，也讓我更加確定從事壽險業務工作的決心。

我有位學長在一家著名的外商公司任職多年，工作表現可圈可點，也因此被拔擢爲台灣區分公司某一品牌的負責人，一帆風順的職業生涯與優渥薪水，令周遭的友人羨慕不已。他的事業即將鴻圖大展之際，沒想到，一場在國外母公司召開的會議中，結束台灣地區這個品牌營運的表決案已經通過。

海外母公司做的決策，在第一時間傳回台灣。突如其來的消息，讓許多人一夜間丟掉了飯碗，我這位表現傑出的學長，也同樣加入了失業的行列。從高峰跌下的他，如同一位驍勇善戰的將領，驟然間失去了戰場，以及並肩作戰的士兵們。我的學長足足在家待業了一整年後，才再度活躍於職場。

學長優異的能力，以及一路走來對工作的付出，是有目共睹的。但是當他眞正攀上高峰時，卻因爲總公司的一道命令，就得棄甲歸田，尤其是在應該享受人生甜美果實的中年，碰上了這種每個人都不願見到的局面，難堪與不甘都只能硬往肚裡吞。

他在人生谷底的徘徊掙扎，讓我沉思許久。認眞工作、傑出能力雖是立足職場所必須具有的基本條件，但是不可估計的外力因素仍然很多。例如我這位朋友因爲總公司的一個決策，他花費多年在公司辛苦建立的成績，就被這麼一筆抹去，所謂的「職場保障」還存在嗎？我不願意中年危機的可能性掌握在別人手裡，那麼，現在我能爲自己做些什麼呢？

我想創造一種個人價值，這種價值是公司或其他外力無法掠奪的，不論我將來如何發展，這些價值都將爲我帶來更高的談判籌碼。壽險業務這個工作，去留成敗操之在我，而且還可以從中學到財務相關知識與業務開發能力，若我有一天不再從事這個行業，從工作中培養出的能力是任誰也無法剝奪的。經過種種評估後發現，保險業務似乎是最符合我期望的工作，一九九四年底，我毅然決定向保德信人壽報到。

學歷是爲了「學力」

在決定進入保險業之際，我的父母其實也很反對，但是我以堅定的態度對他們說：「給我一年的時間嘗試，我一定會有一番作爲！」第一年結束後，我以一百三十多萬的業績，獲得帶他們隨公司同事一起到雪梨的出國機會。在這趟旅程中，父母開始感受到這裡的同事和他們以前印象中「拉保險」的業務員大不相同，因此逐漸認同我從事保險業。很多新進的業務員常會抱怨父母家人的不支持及不諒解，但我相信自己若是能夠抱著破釜沉舟的必勝決心，時間會向周圍的人證明一切。

朋友們聽到我從事保險業務時，有人立刻躲的遠遠地，但也有些人表示支持的態度。其中令我印象深刻的一次經驗，是一位正在台大攻讀博士班的

學校裡的專業訓練可以輔助你在工作中發揮自己的能力，
而你日後在工作崗位上展現的附加價值、成長，
才是大幅拉開收入級距的關鍵。

同學，在我們約定的第一次會面時，他還沒聽完我的仔細規畫，就急著把手上的錢交給我，他對我的信任，對於剛踏進此行的我而言，是很大的鼓勵。

很多人聽到我頂著政大企研所的碩士學歷，卻選擇了大家認定是「歐巴桑」、「國中畢業」的業務員就能從事的保險業時，都十分好奇我爲何不去找更好的工作機會，認爲我做這個行業是白白浪費我的高學歷。其實學歷的意義在於你可以學習到什麼能力，而不是你將來收入多少的保證書。

現在許多年輕人擁有碩士以上的學位，但高學歷應是未來提升專業能力的潛力，而非僅是工作價碼的談判條件。薪水高低的起始價差並不重要，從我現在的角度來看，一個人若是將學位價值僅著墨於幾千元差距是很可笑的，因爲我在日後的工作生涯中，所創造出的價值早已非當初幾千元的增減所能衡量的。

學歷應該被視為一把鑰匙，是你進入理想企業的敲門磚，學校所學的專業訓練是輔助你在日後的工作過程中，更進一步地發揮自己能力，而你在工作崗位上所展現的附加價值、成長才是大幅拉開你收入級距的關鍵。但有些人未去深入思考自己所長及專業為何，只想到自己的學位能帶來待遇的多寡，這是相當可惜的。

再者，雖然我選擇了一個與所學沒有直接關係的行業，但是，我在課堂上學到的觀念與知識架構，卻在日後的壽險生涯中，讓我能夠不斷提升自己的層次。在大同工學院所受的理工背景，讓我四年下來，腦筋已經被訓練得很清楚了。邏輯推理與架構、現象的分析及歸納等等理性思考的方式讓我在客戶面前可以很清楚地表達我的想法。

每個人對一件事的解讀方法是不一樣的，你主修什麼並不重要，但你在學習過程中所受到的訓練才是價值所在。很多學科背後都是有其理論架構支

雖然選擇了一個與所學沒有直接關係的行業，
但課堂上學到的觀念與知識，卻讓我在日後的壽險生涯中，
能不斷提升自己的層次。

撐，而非漫無邊際的，你若能清楚這個流派的思考演變以及推演過程，將之吸收學習後，就形成了很明確的思考模式，邏輯思維也架構起來了，例如法律系的學生，對於理則學應該有很強的認知，而經濟系重視的則是各種嚴謹的模型。

工學院的背景也使我產生一個核心想法：有因必有果，有果也必有因。電流為何會放大的原因，是因為前面有一個電晶體；電壓會下降的因素也是因為有電阻的存在。相同的概念延伸到保險工作時，我認定的觀念是「有拜訪才有成交」，拜訪越多，成交越多。對我而言，因果現象存在於各種地方，它不能讓你解決眼前問題，但卻提供你事後反省的思考線索。當然並不是體會因果現象就可以避免一切不順遂，例如我知道開快車會發生車禍，但有時總難免還是會開快車，事後回想起來，才可以體會出可以改進的地方。

就讀於研究所時，我學習到許多企業經營的核心知識，這些知識讓我能

夠逐漸地跳脫一般壽險業務員的生涯模式，而以一個企業經營的角度來思考自己的壽險工作。我深刻體會到「獲利」是企業延續的絕對前提；相同地，做業務工作也必定要有業績收入，所以打從我一踏入壽險業，就不忌諱和客戶之間談論到我的佣金收入等相關問題。因爲我如果要在這個行業繼續生存，爲客戶提供永續服務，我必須不斷有收入以支撐我的生活，我的許多客戶受到我的態度影響，自然不會在「金錢」與「人情」兩者間多做著墨。

我也體認到企業在施行一個措施的背後，必定要有實質意義或理念作爲後盾，才能永續經營。例如再高明的行銷宣傳手法，卻沒有核心產品或技術，那麼宣傳效果依然等於零。或者，財務運用很靈活，但卻沒有專注在核心價值的提升上，那只是錦上添花的泡沫，隨時會破滅。「安隆案」就是一個例子，財務操作技巧雖然厲害，但依然走上破產一途。相同的道理也可推展至壽險事業，一個再會自我行銷的業務員，當客戶慕名而來卻發現你沒有實質的專業時，因期待所產生的失落更大，不好的口碑傳得更快更遠。

許多高額保單的保戶一開始聽到我的學歷時，也不免好奇詢問我進入壽險業的動機，這又提供了我向他們傳達理念的一個好機會。所以我不但不覺得以這樣的學歷背景選擇壽險業有什麼可惜之處，反而因爲我的學歷使得我能在這個行業中更加突顯；反之如果我今天選擇了工程師或金融界的工作，要獲得我目前的成就或許要耗費更多的時間與精力。

凡走過必留下痕跡，我相信只要是認眞度過的每一個人生經歷，這些歷程必能成爲我日後成長改變的關鍵。

生死之託

接受完公司的基礎培訓後，我準備好在市場考驗中一顯身手。當時一些與我共事過的羅馬磁磚內勤同事，在得知我轉從事保險工作後，紛紛表示願意成爲我的首批保戶。其中，曾經擔任過我的左右手的羅小姐，因爲長期合作相處，對我爲人處事的原則相當了解及信任，因此成了我的第一位保戶。

在洽談保單的過程中，我進一步了解到羅小姐的家庭狀況。她的老家位在中部，前一陣子家人集資在嘉義阿里山上買了一棟嶄新的透天厝，孝順的羅小姐心滿意足之餘，也全心盼望年邁雙親能在此安享餘年，所以在爲羅小姐做保障規畫時，我特意將這幢新屋剩餘的貸款列入保額內，做足了完全的風險屏障，羅小姐看過保單內容後也欣然同意。

冥冥中註定的生離死別，使我踏入壽險業的第一步，
走得心酸卻益發堅定，從此對我而言，
壽險業不再只是一份工作，更隱含了深刻的使命。

但是，臨簽約之際，羅小姐因為家人持反對意見而猶豫不決，看出她內心的天人交戰，我堅定地對她說：「你相信我嗎？」她點了點頭，「你相信保險嗎？」她看著我表示贊同。「那我陪妳去提款機！」在我的堅持下，她決定相信心中的直覺，為家人的幸福城堡，砌出一片堅固的圍牆。

之後便是元宵佳節，所有承保手續皆告一個段落，只差羅小姐領回簽保單。懷著輕鬆的心情，我返回高雄老家探視父母，心裡盤算著，返回台北的途中，可以順道繞經台中，把簽保單交至羅小姐手上，一切就大功告成了。

當天晚上，家人圍坐客廳閒聊時，電視螢幕打出的一則緊急新聞，讓我的心突然被緊緊揪了起來。在現場記者的背後，台中市一家頗富盛名的餐廳正被熊熊火焰吞噬，許多客人被大火困在場中無法逃脫。對於這家著名的餐廳我並不陌生，因為當我還在羅馬磁磚台中分公司工作時，同事們常一起光顧這家餐廳，但讓我猛然一驚的是，先前我已從舊同事的口中得知，羅小姐

當天晚上跟幾位朋友約在這家餐廳碰面。

「不會如此湊巧吧！」我心底一句驚呼。焦急地打電話給舊同事確認羅小姐當日行程之際，我心裡一邊祈禱，希望羅小姐改變了主意。但天不從人願，羅小姐及另一位同事，終究赴了火神的這場筵席。我只好再向上天祈禱他們倆能趕快從火場中脫困。

心急等待的同時，我撥了個電話給人在台北的主管林耀燦，聽完事情始末後，他安慰我：「不要緊張，你先耐心等等看，或許事情會有不同的轉機！」而這也是我最大的期待。牆上時針不斷地向前走動，我的心情也止不住沉到谷底，我知道，羅小姐的生還機率越來越渺茫了！

當天際微露曙光時，我已經坐在清晨五點多最早的一班火車裡，向台中出發。幾乎整夜未曾闔眼的我，歷經一個晚上的起伏，心緒已無太多波濤，保險所提供的保障內容對我而言，從此不再只是白紙黑字的條文章節，我親眼目睹了這些文字、數字，對一個遭逢劇變的家庭所帶來的最即時的協助。

身體雖然疲憊，心裡雖然難過，卻不曾掉下一滴眼淚。

一到台中，揮了揮手招呼來計程車，司機先生隨口問了地點，當「殯儀館」三個字從我口中吐出的那一剎那，一股強烈的悲傷突然席捲心頭，平日的冷靜理性全然崩解，當著司機先生的面，再也無法抑制地痛哭失聲。走進殯儀館大門，透過靈柩上端的一塊透明玻璃，可以清晰見到羅小姐的遺容，她的臉龐已不復往日的清秀面貌，但閉著雙眼的她，仍像是恬靜地睡著了。

三天後，返回台北之前，我在路旁一家花店仔細地挑選了一大束玫瑰花。捧著這把玫瑰花，我再次看著她，也在心裡輕聲地對她說：「你以前總嫌我這個主管不會做人，生日時也不會送個花，這是我送你的第一束花，可惜卻也是最後一束了！」「妳放心，我一定會好好地完成我應做的事，好好地照顧妳的家人！」

主管林先生從台北趕來，陪同我完成我生平第一位保險客戶的後續理賠事宜，當我看到傷心欲絕的羅小姐家屬時，心情很激動，於是我緊緊握住羅媽媽的雙手，告訴她：「羅媽媽，您不要難過，以免哭壞了身體！您今天失去了一個女兒，但是也多了一個兒子，以後如果有任何事情，請告訴我，我一定會盡心盡力地去做！」雖然當下我無法撫平羅媽媽白髮人送黑髮人的喪女之痛，但我卻能爲羅小姐處理一件她生前最在乎的事情：阿里山新宅的剩餘貸款，以告慰羅小姐的在天之靈。

當時羅馬磁磚台中分公司的所有舊同事，在聽到羅小姐和另一位同事喪生火場的噩耗後，也不禁唏噓。情誼深厚的同事們提議將一日所得捐給罹難同事的家人，大夥熱烈響應的結果，總共募得四十餘萬元，希望這份捐款能提供他們一些幫助。

對於這份好意，感謝萬分的羅媽媽卻只是心領，將捐款全額轉交給另一位罹難同事的家屬。因爲房屋貸款的金額高達數百萬，這些杯水車薪實在無法發揮太大作用，更重要的是，之前羅媽媽已經從我手上收到一張數百萬元的理賠支票，而這筆錢正好能讓羅家付清貸款，並讓羅家雙老無後顧之憂地度過晚年。

經過那一年的變故後，我並沒有因爲理賠結束而減少對羅家的關心，逢年過節時，我總會專程到嘉義探視羅爸爸、羅媽媽，和老人家話話家常，希望藉由我的噓寒問暖，能多少沖淡他們心頭對女兒的無限思念與憾恨。對於我的付出，羅媽媽點點滴滴都放在心裡，原本極力反對女兒投保的她，眞實感受到保險在急難時所能提供的救助後，也一反以往的立場，開始向周遭的親朋好友澄清對保險的誤解，並且介紹了許多的客戶給我。

每每憶及此事，總是令我感觸良多，也讓我思考老天爺的安排到底用意何在。初出茅廬的我還來不及感受到成交第一張保單的喜悅，就遽然面臨天人永隔的生死之憾。如果我晚些時間進入保險業，或是當時少了一些對保險的堅持，心繫家中雙老的羅小姐恐難安心闔眼。

在處理這件事故的過程中，保險所提供的保障內容對我而言，從此不再只是白紙黑字的條文章節，我親眼目睹了這些文字、數字對一個遭逢劇變的家庭所帶來的最即時的協助。旁人再多的慰問、關懷致意，雖然可以撫慰哀傷的心靈，卻不能實際解決接踵而來的生計問題，而這也是亡者最難以瞑目的擔憂。

我常在想，羅小姐用她自己最寶貴的生命，教我看清保險最深層的價值，促成我日後的事業成長。這八年來，每當我走累了、心乏了，一想到她的這份生死託付，我會再掙扎著站起來，邁步往前繼續地走下去。

一九九五年二月十五日晚上，因爲吧台服務生用火不當所引發的火災，使得正在台中「衛爾康」餐廳用餐的六十四位客人，永遠地離開了他們親愛的家人朋友，雖然隨著時間消逝，人們已經逐漸淡忘了這件曾經震驚台灣的頭條新聞，但是在我的心裡，這個意外帶給我的影響卻始終不曾淡去。

千里馬與伯樂的信任之情

很幸運的，在我一進入保德信人壽時，就遇到我的主管林耀燦先生(Gordon Lin)。他是一位對我壽險生涯影響至深的人。

主管難為，尤其是身為壽險業的主管，他們旗下的業務員們自主性強、個人主義重，一般企業用來管理部屬的那套模式，到了壽險業不但收不到任何效果，還會引起更大的反彈。所以很多主管採取無為而治或懷柔政策，只要業務員們順利交出業績，他們倒也不太過問業務員的作業狀況。

雖然如此，許多主管仍然無法和業務員好好相處，「彼此沒有信任感」是主要原因。對在外衝鋒陷陣的業務員而言，位居管理職、不是身處前線的

由於壽險業務員多半都自主性強、個人主義重，
因此一般企業用來管理部屬的那套模式，
在壽險業是收不到任何效果的。

主管如何能夠體會自己在客戶前所遇到的難處與困境？對有經驗的主管而言，如何確實了解業務員在外的作業狀況、目前業績停滯的原因何在，並以什麼方式態度提供適合的建議，都是需要深思熟慮的問題，這也一再考驗主管的智慧。

當年我頂著政大企研所碩士的學位踏進壽險業，心裡也頗爲自豪，但是當我見到擁有美國德州農工大學企管碩士學歷的Gordon Lin時，我心裡也暗自驚嘆，原來已經有這麼優秀的人才在壽險業工作。

信任感的建立來自於雙方良好的溝通互動。Gordon Lin採取以身作則的領導方式，每天早上七點鐘，他必定已經在辦公室裡展開一天的工作。我結束一天的拜訪，晚上九點、十點回到辦公室整理文件時，他仍待在辦公室裡，待我倆討論完一些公事，熄燈回家時，往往已經超過晚間十一、十二點。

週一至週五，他盡情地投入工作中，但每周六早上他在辦公室處理完最後的公事後，接下來的假期裡，他便全心全意地陪伴家人。當時我們都曉得，週六下午開始的一天半就是Gordon Lin的家庭時間，所以我們也盡量不以公事打擾他，讓他盡情地享受家庭親情。我心裡對於他這種公私分明、工作家庭兼顧的態度，自是相當佩服，工作及家庭價值在他身上融洽一致所產生的和諧畫面，也令我十分羨慕。

自律甚嚴、待人以寬的Gordon Lin，在人際相處上，充分展現出高EQ的智慧與同理心，尤其是在引領我們這些業務員時，他彷彿是全盤接納了我們的怒氣與不平後，再爲我們一一排解。除了理解、體諒、包容我們在外受挫所產生的情緒起伏外，不論業績高低，他都會以同樣的信任態度，訴說著他對你潛力的深信不移。

猶記進入保德信的第一年，有一天晚上，又因爲工作而晚歸，開車返家

許多主管仍然無法和業務員好好相處，
「彼此沒有信任感」是主要原因；
主管若能放手信任屬下，他們自然會以相同的態度回應。

途中，手握著方向盤的他開口對我說：「志明，到目前爲止，台灣的壽險業仍未誕生過像日本島宏樹那樣的超級巨星，而我在你身上看到了這些少見的潛質及成功條件，我相信有一天，你一定能像這些國際級巨星一樣，不但有著如日中天的壽險事業，身旁還會有一位美麗的嬌妻陪伴。」

他不只鼓勵我成爲全國第一，更用世界級的目標來鼓舞我，這就是他對我的信任。

他對我有著這麼深的期許，我自然以相同的態度回應。當別人在工作報表上以寥寥數語或捏造虛假的拜訪量來應付了事時，我的工作報表上卻扎扎實實、密密麻麻地詳實記錄了我每日的行程，每一個字句都是我實際在外拜訪後所認眞寫下的，我並不會爲了敷衍我的主管而胡謅一通，我希望我的主管確實了解我所遇到的狀況及困境，他才能提供協助或爲我找尋其他資源，而他也總是極盡所能地幫助我。

現任全球人壽業務協理的他，在離開保德信人壽時，沒有帶走任何一位保戶與業務員隨他離開，之後在和我互動的過程中，從不曾談及希望挖角我過去的任何話題。過去常有人會來和我接觸，希望我能跳槽換公司，但是我總是篤定地告訴他們說：「Gordon Lin是最有資格來談這個話題的人，他卻從未提過，你又有什麼理由能說服我呢？」不會爲了自己的利益而犧牲別人一絲一毫的權益，這就是他值得令人尊敬之處，因爲我有這樣的主管在背後支持，所以我更能堅持我在壽險業的理念。雖然現在他已經離開保德信，但是他在我身上的付出，以及過去一起共事所產生的這份情誼，我永難忘懷。

壽險巨星的格局

一個人格局的大小、視野的長短決定了將來這個人事業的深廣度。我自己便有深刻的體會。

踏入壽險業的第二年，是我近八年壽險工作中最低潮的一年。經過第一年拚命三郎似地沒日沒夜工作後，體力不濟使我陷入低潮，身體雖已無法繼續負擔同樣的工作量，但是第一年養成的辛勤工作習慣，卻不允許自己鬆懈下來。心裡的矛盾衝突不斷，因此影響了成績，上半年的業績只達到十餘萬，和前一年相差甚遠。

那一年的六月下旬，我首度參加了MDRT(1)大會，被那些TOT(2)

有時候我們被當前的障礙絆住了，
並不是因為我們能力不及，
而是注意力一直集中在腳下曲折小徑的緣故。

會員身上展現出的氣質所震懾。原來自己前面的路還很長、很廣，有許多優異的 Top Sales 已在前頭引領著我們這些後進；和他們相較之下，自己彷彿是牙牙學語的小嬰孩，在這塊領域裡，我還未真正嘗到箇中滋味。

眼界變寬，心境自然平穩，因此回國後，我反而爆發出更大的衝勁，在下半年裡繼續衝刺出六十餘萬的業績。雖然這一年總計八十餘萬的總業績是我入行近八年裡，表現最差的一年，但我至最後一刻都沒有放棄，因為從那些國際級的壽險巨星身上，我了解到未來壽險生涯的可能性還無限廣闊。在接下來幾次參與國際會議的場合裡，每當親身見到一些聞名國際的頂尖業務員，都讓我深刻地體會到，當一位壽險業務員擁有胸懷天下的格局時，其所展現出的工作動力與事業成就，是多麼驚人啊！

還記得幾次與國外ＴＯＴ級會員相處時，我感覺到他們整個人的氣度與格局已蛻變為彷若企業家的思考模式，尤其令我印象極為深刻的是，當一些國外極頂尖的壽險顧問和國際級企業的全球總裁坐在一起時，一般人很難僅從外表、談吐行止來判斷誰是總裁，誰是壽險顧問，因爲兩者展現出的企業家風範與氣質已難分軒輊。這些頂尖業務員的事業規畫不再僅侷限於眼前業績數字的上下變動，而是以長遠經營的眼光來看待自己未來的生涯發展，所以他們對一時的挫折不會感到沮喪不安，反而更顯從容大方。

一九九六年保德信在夏威夷舉辦的國際會議裡，名列ＴＯＴ會員的日本全國冠軍島宏樹也有出席，當時收入已高達四千萬元的他，在舞台上分享了他的成功故事。

有一次島宏樹和一位企業總經理商討完保險事宜後，坐在會議室裡靜待結果，隔壁房間不時傳來這位總經理和身爲董事長的父親的爭執聲，一會兒，面有難色的總經理走出來，向島宏樹致歉並保證，有朝一日他升爲董事長時，一定會向島宏樹買下他們已經談妥的保險。島宏樹看著眼前這位總經理年輕的模樣，心裡也有了譜，他想這張保單大約還要再等個十年，因此釋懷地告訴對方不用著急，一切慢慢來。面對投保金額那麼高的一張保單，他展現出不急不徐的從容態度，令我深感敬佩；他的保險事業已經遠超過追逐業績數字的層次，這種自在的境界，給了我一個明確的方向。

島宏樹的另外一個小故事，更能傳神描寫出他的胸襟。在奪下兩次全國競賽冠軍後，工作積極的島宏樹並未在第三年競賽結束前報出高額業績，這不禁令他的主管心生詫異，一問之下，島宏樹才據實以告說，在他的抽屜裡已有許多客戶已簽好名的保單，只是他打算競賽結束後再呈報上去，因爲他不希望再度奪冠，剝奪了其他人的機會。聽完這番話，他的主管趕緊要島宏樹拿出抽屜裡的保單，發現島宏樹果然又可以再拿下一座冠軍獎盃。在我心目中，島宏樹的所作所爲早已經不是爲了追求第一，他在各種狀況下都能憑一己之意掌握大局的從容胸懷令我更爲激賞，壽險巨星的宏大格局在他身上充分展現。

有時候我們被當前的障礙給絆住了，並不是因爲我們的能力不及，而是我們的注意力一直集中在腳底下曲曲折折的小徑。從島宏樹以及其他國際壽險巨星身上，我一再發現壽險生涯中充滿了柳暗花明又一村的驚喜，有時候眼前看似是一條無路可走的死胡同，卻因爲自己放寬了眼界，不僅瞭望到遠方明媚的風光景色，更發現到原來還有許多自己不曾發現的道路正在不遠的前方。

（1）國際百萬圓桌協會（MDRT，Million Dollar Round Table）每年會舉辦一次世界性會員大會，所有會員的整年度業績都必須達到一定的標準以上才能獲得與會資格，入會門檻逐年調整，例如台灣地區二〇〇二年的準會員資格為年度佣金收入達美金六萬三千元（約合台幣二〇八萬元）。在MDRT大會裡，來自各國的同業齊聚一堂，彼此交流，在五天的會期內，主辦單位會邀請國際級的壽險巨星演講，分享成功心得，也有各式專業課程供會員選擇參加。對壽險從業人員而言，晉身百萬圓桌會員是壽險事業的成功象徵。

（2）除了ＭＤＲＴ的會員資格外，往上還細分為超級圓桌會員（COT, Core of Table．台灣地區二〇〇二年的入會資格為年度佣金收入達美金十八萬九千元，約合台幣六百二十四萬元），以及頂尖圓桌會員（TOT, Top of Table．台灣地區二〇〇二年的入會資格為年度佣金收入達美金三十七萬二千元，約合台幣一千二百二十八萬元）。國內能夠晉身ＣＯＴ超級圓桌會員的壽險從業人員已屬鳳毛麟角，每年獲此殊榮的不超過十人，二〇〇一年之前更從未有人獲得ＴＯＴ頂尖圓桌會員資格。ＴＯＴ會員資格彷彿是全球壽險業的喜馬拉雅峰，能攀上此巔的人寥寥可數，而黃志明不但在二〇〇一年獲得ＣＯＴ會員資格，二〇〇二年更打破國內紀錄，以兩千萬的年度佣金收入和同屬保德信人壽的李月雲一起登上國際壽險業的最高榮譽寶座。

六千萬帶來的轉型契機

　　當我在第三年第二度獲頒ＭＤＲＴ的會員資格時，心裡不禁興起一陣懷疑。這一年來，我絲毫不敢鬆懈，拼盡全身的每一分精力後，好不容易衝刺出一百六十幾萬的成績，這已是我時間以及體力上的極限了，可是我上次參加ＭＤＲＴ大會時的成績是一百三十幾萬的業績，一年下來辛勤的結果卻只換來這三十幾萬的差距，這是否意味著：我已經瀕臨了我的極限，不管以後再如何勤奮，也難有大幅度的突破了呢？

　　若這樣的作法持續下去，我的生活、時間以及健康是否都必須埋葬在無止盡的工作上？我開始質疑自己還能像拚命三郎似地硬撐多久。當然這樣認眞的工作態度可以爲我帶來一定程度的經濟收入，但成果距離我所追求的目

如果還是讓我距離目標如此遙遠，
我一定要從現在的作法開始尋求改變。

標還是很遙遠。我自忖，如果要結果改變，現在我一定要從作法開始改變。

一九九八年中旬，一位客戶帶來一個改變的契機。那位客戶因爲有節稅等財務上的規畫，而向我購買了高達六千萬的保險。這一張高額保單讓我震撼極大，我驚覺到居然有人願意投資這麼一大筆金錢在保險上，這筆錢足可以用來買一部進口賓士車，而且後續的年度續繳保費還能夠讓對方在每一年都陸續添購一輛賓士車。

我開始注意到，原來家庭風險規畫不是「保險」的唯一角色，在全盤的財務規畫裡更是少不了的環節。如果我能朝著這條路走下去，不但工作價值會大幅提升，而且離我理想的工作型態也相距不遠，或許這就是我等待中的另一扇門，我決定走向前去叩門。

下定決心後，在我眼前的是一段漫長艱辛的道路，在曲折起伏的低谷中，我壽險生涯中的另一段低潮於焉展開。一九九九年七月至十二月的這段時間裡，在外人的眼中，我像是一部熄了火的引擎，業績數字一路長黑，但這卻是我轉型的重要時期。

我回想成交這件六千萬保單的過程中，是否隱含著什麼成功的訣竅以促使我順利接下這張保單？思考過後，我得承認這張保單可以說是被我「撿到」的，因爲客戶正好有這方面的需求，因此我不費吹灰之力就能搞定。但是這畢竟不足以形成常態，我必須擁有不斷複製成功的實力，因爲高額保單從天而降這種好事是不可能一再發生的。

事前我做好所有可能的對話練習，也製作好預備向客戶解說的書面資料，事後我帶著客戶的問題回到辦公室，再重新思考、找資料、詢問別人、翻閱書籍，做好準備功課後，又再出去拜訪客戶。嘗試、被拒絕、吸收新知、改變錯誤、再找客戶嘗試新的談法，這樣的循環在那半年間不斷上演。

我必須擁有不斷複製成功的實力，
因為高額保單從天而降
這種好事是不可能一再發生的。

當時我的業績跌落了不少，但其他人的態度完全動搖不了我的意念，因爲我的雙眼緊緊盯著前方的那一點亮光。我的心思全部集中在如何提升我的實力上，客戶的拒絕也撼動不了我轉型的決心，因爲他們的每一次拒絕都讓我的實力獲得更深一層的提升，所以我不會害怕再去外面洽談。

漸漸地，隨著被拒絕的次數增多，我發現自己逐漸掌握到竅門，雖然結果還是未能以成交收尾，但是客戶的滿意度已經漸漸提升。在客戶面前，我能夠更清楚地表達我的概念，也能明確指出對方的財務狀況有哪些缺口，當我提出建議時，對方的接受度也與日俱增。

那半年間，我總共送出了五十張建議書，幾乎都是石沉大海。十二月底，一對夫妻終於簽下名字，這張遲來卻彌足珍貴的保單，讓我在那一年的最後一刻，才如願獲得隔年參加ＭＤＲＴ大會的入場券，而從那一刻起，我的壽險生涯開始有了一番大躍進。

2

你可以更靠近成功

成功最終的榮耀來自於心中的那把尺，
而不是外界的輿論眼光；
當內心價值與外在行為和諧一致時，
你的快樂才能由內心深層而發。
在我心中，事業成功的定義是，
擁有足以改變世人刻板印象的力量。

最難管理的人是自己

有句話說：「最難管理的人就是自己！」因爲人總會被惰性給牽著走。在我的觀念裡，自我管理之所以難以徹底實踐，眞正的因素在於並非每個人都眞正清楚自己所要追求的願景，因爲深層的價値觀不清，所以無法帶動出一致的行爲表現，因此一曝十寒的情形也就不難想見了。

在多年的工作生涯中，我有時也會因爲身體太累，而想偷懶休息一下，腦海中常常會一閃而過乾脆打電話給客戶取消約會的念頭，但是理智不斷提醒我：「你想要的是什麼?你現在的行爲和你想追求的有所牴觸嗎？」一思及此，我又立即拿起公事包趕往下一個地點，神奇的是，一旦在客戶面前坐定，所有的疲累彷彿一掃而空，我又是一副生龍活虎的神態，神采奕奕地專

清楚自己要前進的方向，
配合有一顆積極改變的心，
接下來就是鎖定焦點、集中注意力。

注在工作上。

我的願景目標很明確，我渴望有很多時間和家人相處，以及無虞的財務條件，因此我不會被怠惰的念頭給打敗。在我深層的潛意識中，深信一個人的所作所爲，絕不能愧對自己，所以我的每一份積極與投入，都是爲了能夠無愧於心。如果今天我因爲偷懶而選擇不出去拜訪客戶，心中的愧疚感會不斷地折磨自己一天的情緒，隔天又覺得心虛難安，這種會侵蝕自己意志的一時之歡，我絕對不會去嘗試。

因爲內心有這股不允許自己表現不好的動力驅策著，所以我盡量善用每一分鐘去努力。每一個自律的行爲背後，都隱函著對自己的深刻期許。

有人說過：「心若改變，你的態度跟著改變；態度改變，你的習慣跟著改變；習慣改變，你的性格跟著改變；性格改變，你的人生跟著改變！」你希望自己的人生有什麼改變，就該先溯源檢討自己的心是否需要改變。

清楚自己要前進的方向，配合一顆積極改變的心，接下來就是鎖定焦點、集中注意力。每個人心中的渴望都是很多面向，甚至是極端的，一方面希望成爲受萬人景仰的英雄，另一方面又渴望耕讀之樂的恬靜自在；希望多花時間與家人小孩好好相處，卻又期待自己能擁有優渥的物質享受。這個時候，你可以根據不同階段及自己的價值觀，鎖定不同的焦點，分配你現有的時間、資源，全心努力以赴，好完滿達成心中的各種期待。

以前的我很喜歡參加一些藝文活動，戲劇及舞蹈都是我相當喜歡的嗜好，下班的時候，也常常到美術館或藝廊參觀。但進入壽險業後，我整整三年沒有再觀賞過一部戲劇或舞蹈表演。我決定在我年輕力旺時，先全力衝刺事業，打下一個穩厚的經濟基礎及事業，所以工作生涯早期，高收入、自我肯定都是我之前鎖定的焦點。但是隨著自己逐漸完成這些目標後，我又做了

你可以根據不同階段及自己的價值觀，鎖定不同的焦點，
分配你現有的時間、資源，全心努力以赴，
好完滿達成心中的各種期待。

一番調整，家庭生活、健康都是我現階段的追求重心，因爲有了上一階段的努力，使得現在的我能夠無後顧之憂地完成下一個期待。

如果你什麼都想要，每一樣都無法割捨，就會被太多渴求絆住，一步也前進不了。當時光流逝後，當別人逐步獲得他們所期盼的東西時，你只能徒呼負負地坐在一旁嗟嘆老天不公平的作弄。

每一個人心中都時時有掙扎、矛盾與衝突，結果的懸殊差別，只在於起心動念的那一刻，你做了什麼決定與行動。

累積專業不能光靠上課

我是一個非常重視專業的人，所以我不斷地強調，專業是一個人眞正的工作價値所在。但是對剛踏入壽險業的新人而言，在這個行業生存下去才是眼前更大的課題。

對每一位新人而言，進入這個行業就像是走進一片沙漠，什麼專業資源都缺乏，爲了繼續存活，你必須找到源源不絕的業績，否則嚴苛的生存環境很快就會將你淘汰。

我一開始出外作業時，身上僅有的專業知識也是從新生訓練的課堂上學習得來，帶著這些基本知識，我開始披荊斬棘的業務生活。在這段時間裡，

專業知識是在你需要使用的時候
才能發揮最大的價值，
不適合你現在程度的知識，吸取再多也無濟於事。

一旦遇到問題，我就回辦公室請教主管與同事或查閱資料，在我大量實戰經驗的帶動下，配合公司陸續提供的一些基礎課程，以及我自己的閱讀進修，專業實力因此迅速累積。

我看現在許多新進人員，花了大筆金錢及許多時間，不斷地在外面上一些專業課程，以為上完這些課程後，就提升了所謂的專業知識，殊不知這樣的想法不但可能浪費許多金錢時間，更是造成日後你提前出局的因素之一。

上再多的課都不能為你帶來任何一位客戶，除非你能將這些課堂上的知識實際運用在銷售上。不過銷售能夠一舉成功的要素很多，許多無法預料的問題都會影響到銷售結果，你可以預先作許多功夫，但是臨場的表現才是你能否發揮實力、達到目標的關鍵。如果你在現場的談法不能讓對方接受，直接拒絕了你的建議，即使你腦子裡擁有許多的知識，也不再有機會展現。

就像一位新嫁婦爲了一展手藝，不惜血本地採買了許多高級食材，但她實在不諳烹飪之道，就算擁有一桌的鮑魚、燕窩、海膽、金華火腿等各式原料，也無法烹製出一道可口的山珍海味，反而糟蹋了珍貴的食材。反之，將豆腐青菜這幾種簡單材料交到一位烹飪高手的手上，這些再平凡不過的食物就能立即變換爲滋味濃郁、色香味俱全的佳餚極品。

初入門者不能混淆了重點，你應衡量自己是否能夠快速累積客戶拜訪經驗，而非追求迅速的累積專業知識。

在初期，累積客源、累積經驗才是工作重心所在，這些才是基本生存之道，等你站穩腳步後，隨著客戶逐漸複雜化，以及自我程度的提升，屆時再追求進一步的專業充實才有意義，否則一個根本沒有開發客戶能力的業務員，即使他上再多的投資理財、節稅、信託等課程，都不能解決眼前的客源斷炊危機。

上再多的課都不能為你帶來任何一位客戶，
除非你能將這些課堂上的知識實際運用在銷售上；
臨場的表現才是你能否發揮實力、達到目標的關鍵。

對於新人急於上課的現象，我有兩種解讀，其一是以爲自己比別人多上一些課程，就是佔到了一分致勝的先機，或深怕自己沒有上課會因此居於劣勢，其實這種想法才會造成他們更大幅地落後。

另外一種心態就是藉著一整天的課程，安慰自己「進修也是努力工作的一部分」。畢竟端坐在教室，比在外屢屢遭受客戶拒絕的受挫窘迫，來得舒服多了。

前一段時間，有個奶粉產品的廣告詞說的很好：「重要的不是你喝進多少牛奶鈣質，而在於你留下了多少。」同樣地，專業知識是在你需要使用的時候才能發揮最大的價值，不適合現在程度的知識，吸取再多也無濟於事。

解決問題最快的方法就是直接面對它

當工作遇到意料之外的問題時，每一個人都曾經驗過惶恐、手足無措的緊張情緒，但多數人習慣性地選擇「逃避」的態度來解決棘手的問題。

曾經有一位高科技公司的高級主管在做完醫院體檢後，赫然發現保險公司已經依照體檢報告將保費調高至原保費的二・五倍，也就是他必須付出原保費的兩倍半，才能獲得同等的保障。他立即火冒三丈地打電話給我的助理，怒不可遏地指責公司的作法，並要她告訴我：「這張保單馬上取消！甭談了！叫他不用再來找我了！」當下，我的助理也被對方憤怒的聲調嚇楞了，只好趕緊賠不是，忙不迭地回答：「我會請黃先生儘快和您聯絡。」

遇到不是自己能力所能掌握的突發狀況，
每個人都會緊張惶恐，但是埋首逃避的鴕鳥態度，
對問題本身毫無助益，所以我總是選擇勇敢地直接面對。

從助理口中得知這件事後，我心裡也免不了一陣七上八下，一邊懊惱發生這樣的突發問題，接下來要如何安撫客戶的情緒呢？另一邊心裡已經有了最壞的盤算：「這張保單極有可能就這麼沒了！」

焦躁不安的情緒沉澱過後，我重新振作精神，整理思緒，心想反正最壞狀況不過如此，何不在最後關頭將心裡的話告訴對方。於是我拿起話筒，深深地吸了一口氣後，按下號碼鍵。話筒中傳出的鈴響不斷加速了我胸口緊張的心跳……「喂！」待對方的聲音終於自電話彼端傳來時，我並沒有在保費的事情上多做解釋，僅以鎮定的語調說了一句話：「林先生，我了解你對於調高保費的事情，感到很不滿意。我只希望在我幫你辦理取消事宜之前，能夠給我五分鐘的時間。」遲疑了一會兒，對方答應給我最後一次機會。

到了約定日期，我帶著相關資料前往對方的辦公室，人甫坐定，我便直接開口說：「林先生，公司根據健檢報告要調高保費的事情，並不是我個人

能力範圍內所能解決的，但我只想問您一句話，取消投保眞的能解決我們之前所談到的問題嗎？」語畢，對方不發一語，陷入長考中。

過了一會兒，我以沉著的態度說：「公司要調高保費的事實，的確不是我們所期望的，雖然目前這個狀況或許不會解決百分之百的問題，但並不影響事情的進展。」我頓了頓，觀察對方並沒有反對的態度，因此繼續說道：「如果現在取消投保，您的問題又回到原點，完全沒有獲得任何程度的解決，您說是嗎？」

說完這幾句心中的話，我已做好他會取消投保的心理準備。但聽完我的一番話後，若有所思的對方卻叫我先回去，他會再和我聯絡。過幾天，當我再接到林先生的電話時，他告訴我，他已經將保費支票準備好，要我過去將最後的承保手續完成。

工作過程中出現的意外狀況，是每一個人事前都極欲避免、減少的，但總有一些不是自己能力範圍內所能掌握，對於這些突發狀況，我一樣會緊張惶恐，一樣會懊惱沮喪，但是停在原地焦急埋怨，或是採取逃避的鴕鳥態度，對問題本身毫無助益，所以我總是選擇勇敢地直接面對問題。

因爲這樣的信念，我也以同樣的態度引導保戶，去直接面對他們在風險規畫上所遇到的問題。當林先生對於被調高保費而極度不滿時，我並不打算將力氣花在保費數字的高低多寡上，這些「數字」只是末端層次所呈現的問題，溯及更上層的問題本質：家庭風險、財務風險等這些主題，才是問題的根源。讓客戶看到問題的根本，他們才會感受到嚴重性並願意配合你的建議，如此才能獲得雙贏的局面。

主動創造與成功人士親近的機會

主動積極是與客戶相處時的關鍵態度，如果你擁有這種態度，不僅在工作專業上能夠順利推展，你個人也能從與他們的私下相處中獲益匪淺。我曾經擔任羅馬磁磚總經理特助的工作經驗，也讓我體會到，提前一步為主管設想的工作態度，不但能為主管解決許多不必要的麻煩，更可以為自己的工作加值。

而服務客戶就像是對待你的老闆、主管一樣，你要積極主動地提前他一步，預想到接下來可能發生的事情，並為之解決。如果在預先處理的過程中，遇到任何你無法解決的問題，應該趕緊讓對方知道，這種主動讓事情有所進展的態度，也是使對方感受到你專業態度的一部份，千萬不能被動地期

服務客戶就像是對待你的老闆、主管一樣，
積極主動地提前一步為他們解決不必要的麻煩，
也可以為自己的工作加值。

待客戶來找你討論問題，或是讓問題擱在那裡，直到它越來越嚴重，最後使客戶不得不面對更棘手的狀況。

爲了進一步解決客戶的疑難雜症，在提供客戶財務建議時，我通常會主動提出五個以上的解決方案，其中只有一個方案是有關於保險範疇，其餘的則都是財務領域的相關知識。

這種主動的態度，除了表現在專業工作上，也反映在客戶和我之間的互動狀況，我不會像一般人一樣，害怕去和一些事業有成的長輩交談。和這些別人眼中的金字塔尖端人士相處時，我不但不會有所畏懼排斥，反而從他們的談話中獲益良多，因爲從他們的眼睛所向外看到的是一個不一樣的世界，這個世界充滿了一般大眾所看不到的機會與可能性。我很積極地學習他們看事務的角度與處事方法，因爲我一直深深相信，有一天我也能和他們一樣，一步步躍上成功的山巔。

但是我知道人們的心中對有錢人士，抱持著一種近乎鄙視的不平心態，他們相信這些人的財富是從一般人或窮人身上所剝削奪取的，所以無法和他們心平氣和地相處。也有些人站在這些成功人士前面，認爲自己的成就相對顯得太渺小，所以信心益發薄弱，舉止行爲自然也無法落落大方。

如同很多人在看待我的高額業績時，心裡也難免產生「他還不是運氣好」、「他的生活裡一定只有工作沒有娛樂休閒，才能創造這麼高的業績」等等各種偏見，認爲我的成功是無所不用其極的方法得來的。但是我常在想，如果他們能夠轉換心態及思考角度，積極地思索「爲什麼黃志明能夠做到這麼高的業績？」、「到底其中的訣竅方法是什麼？」「我又如何做出改變，才能超越黃志明的業績？」等等問題，未來他們才有眞正成功的可能，否則他們還是只能停留在原地，不斷地看著一個又一個的黃志明在業界誕生，然後又出現不同的批評聲浪。

主動創造和成功人士學習的機會，是因為我知道，
從他們身上點點滴滴學習來的寶貴經驗，
讓我有機會打造一把獨一無二的鑰匙，踏入成功的大殿。

我主動創造和成功人士親近、學習的機會，因爲從他們身上點點滴滴學習來的寶貴經驗，讓我可以打造一把獨一無二的鑰匙，踏入成功的殿堂，所以我不會固守成見，反而更敞開心扉，從旁觀察他們致勝的觀念與態度。

心態正確與否會影響你對成功的企圖，這份企圖心自然會反映在你的行爲及格局上。如果你渴求成功的心意相當強烈，你自然會被成功的磁場所強烈吸引；相反地，如果你對成功的追求持著可有可無的心態，你身邊也會圍繞一群和你有著相同頻率的朋友。

原一平的厚繭

鄉下的小孩跌倒了，就是趕快爬起來，拍拍身上衣服的灰塵，如果看到皮開肉綻的傷口時，經過簡單的包紮處理後，臉上或許還帶著尚未抹乾的淚痕，又急著衝出家門和同伴去抓蟋蟀、跳格子、玩躲貓貓，因爲從遊戲裡得到的樂趣太多了。他們每個人身上或許帶有不少已經癒合的傷疤，但小孩從每一道傷痕中，都學到了教訓與保護自己的方法，「喔！原來這棵樹的支撐力太弱，下次得換個方式或換棵樹爬。」

相較之下，城市長大的孩子，一旦摔跤受傷，大人們就趕緊衝上前來，嘴裡一邊心疼地喊著「ㄒㄡˋ ㄒㄡˋ」的同時，又一邊罵著「石頭不乖，打石頭」，結果小孩下次又跌跤時，只會坐在地上，撫著傷口嚎啕大哭，學不會

在原一平敲門拜訪的客戶中，
必定也有許多人讓他嘗過閉門羹或令其難堪，
但是他所做的就是繼續按下一戶人家的門鈴。

自己站起來，將剛剛絆倒自己的石頭搬開。

業務員正如同玩耍嬉戲的小孩子，被拒所造成的傷痕累累是工作過程中絕對避免不了的。遭遇挫折時，你是拍拍衣袖就繼續前進，再去追求工作的樂趣，還是等著主管來安慰，或者向同事們批評客戶的不是呢？

揚名日本保險界的傳奇人物原一平，也歷經過露宿公園的窘迫生活。已獲得國際肯定的原一平，曾經在一九七二年，受邀來台發表演說，一連六天的演講內容中，他將其工作的心得與經驗分享給台灣的壽險從業人員，在一本描寫他成功故事的書《鼓舞》裡，描述了下面一段故事。

某日，侃侃而談的原一平演講告一段落時，台下有聽眾好奇的詢問他如何能夠一次次創造壽險事業高峰？台上的原一平笑了笑，並沒有立即地給予解答，反而開口邀請一位台下的觀眾走上台前。此時，原一平仍沒有多做說明，蹲下身，將腳上的皮鞋、襪子一一褪下，看著站在台上光腳赤足的原一平，台下的聽眾們仍摸不著頭緒，搞不清楚原一平的用意何在？

他轉身請那位走到台前的觀眾，也蹲下身來用手摸摸他的腳底，只見這位觀眾被原一平那粗糙龜裂腳掌上的厚厚硬繭給震懾住，這時候，原一平才緩緩的說：「這就是我成功的原因！」看到書中的這一段描述，我心裡興起一番無法言語的感觸：一位享譽國際的壽險大師，仍孜孜不懈地努力耕耘自己的事業，毫不鬆懈，他腳底的厚繭正來自於不斷逐戶拜訪的辛勤工作，這份對工作的執著及強烈的自我要求，更強化了我對自己的期許。

大部分剛入行的業務員，臉皮薄、心思也敏感易受傷，所以很容易因爲一個挫折就仆地不起，但唯一的方法就是重新爬起來，繼續走下去。

許多人見到頂著Top Sales光環的我時，「爲什麼你的挫折忍受度這麼

在我的觀念裡，
「大量作業」的過程中，自然會遇到更大量的挫折，
一次又一次的跨越這些挫折，對挫折的忍受度自然提高。

高？」「如何培養高挫折忍受度？」是他們習慣詢問的話題。如同運動員做撐竿跳練習一般，碰撞、跌倒、失敗總是難免，但不斷的辛勤練習過後，能力技巧也將隨之提升，有朝一日，終能縱身躍過眼前的欄杆，而挑戰下一個高度，又成為驅使自己更往前進步的動力。有一天當你回頭一看，才會赫然發現之前不斷絆倒你的障礙，竟是如此的低矮可笑。

初入行之際，一位家住高雄的朋友林小姐聽完我的解說分析後，已經首肯同意向我購買保單，經過幾次的文件往返後，終於只剩保戶在要保書上簽名最後一道手續，因此我倆約定了見面時間，好把整件事搞定。心中放下一塊石頭的我輕鬆愉悅地準備隔日見面所需的文件資料，並打電話給林小姐，再次確認見面地點，並提醒對方別忘明天了準時赴約。

待我大老遠從台北搭機南下至小港機場，再從機場趕至高雄車站與其會面時，我發現她面有難色，在我的詢問下，她才支支吾吾地跟我說了一件出

乎我意料之外的消息：「我剛剛已經跟某某公司的業務員買保險了。」

這短短的一句話對當時入行不久的我，正如青天霹靂般地一記強烈打擊，轟然乍響，「怎麼可能發生這種事情？」「前一天不是都還好好的嗎，爲什麼只隔了一天就全部變樣了？」「爲什麼？到底爲什麼？」一連串的錯愕與疑問，不斷地在腦海中流竄奔騰。不解、驚愕、措手不及、失望的各種強烈情緒，頓時糾結纏繞成一股沮喪低潮的土石流，在我心頭快速漫流散溢，沖潰了我理性堅強的心牆。

從事特殊幼教的林小姐，其任教的幼稚園裡，有許多家長父母也同樣從事壽險業，對於林小姐爲何臨時更弦易轍，改變決定，選擇其他壽險業務員，我並不了解箇中的原因，也不曾追問過她，至今，這件事仍未有一個明確的解答。當初令我沮喪流淚的往事，對現在的我而言，已經是雲淡風清的過往雲煙。如果當日相同的場景重現，早已傷害不了我堅強的心，這就是七年壽險生涯爲我帶來的茁壯成長。

在原一平敲門拜訪的客戶中，必定也有許多人讓他嘗過閉門羹或令其難堪，但是他所做的就是繼續按下一戶人家的門鈴。當你的心被大量的失敗挫折洗禮過後，將會益發堅強厚實，爾後路上遇到了再尖銳崎嶇的荊棘礪石也撼動不了你求勝不撓的心志。

如果當初就一帆風順地完成這張保單，或許我就少了一次成長茁壯的機會，正因爲這突如其來的挫敗，提高了我的挫折忍受度，對於日後壽險生涯中的許多挫折、拒絕，我都更能面對自處，正如有本書上說過的一句話：「疾風吹嫩枝，用意不在傷害新幼苗，而是要他們學會把根牢牢地扎在土裡。」

互舔傷口只是拖延陣亡時間

前幾年，辦公室的同事們曾經推選我擔任福委會的主席，這件事讓全心埋首於工作的我有了警覺：我似乎花太少心思在辦公室裡的人際相處上。初期將絕大時間都花在衝刺業務的我，甚少參與辦公室裡這類事務，因此我的當選似乎有種嘲諷意味存在。既然我必須擔任這項職務，就決心做好份內的工作，單位裡的籃球賽、聚會、生日會，只要時間允許，都可以見到我出席或奮力演出的身影。

我初期很少待在辦公室內，因爲這個階段的努力是日後能否繼續在這個行業生存的關鍵，所以我將所有重心放在如何穩固地建立自己的市場，並沒有花太多心思在辦公室裡的人際關係經營上。往往早會一結束，我就已拎著

在辦公室談笑作樂的行為，
美其名是同事間互相安慰、加油打氣，
其實只是為彼此舔舐傷口，拖延陣亡的時間而已。

公事包，準備出門拜訪客戶，因此同事間的聚會也無暇參與。

在我第一年的保險生涯中，參加過一位同事的慶生會，當我和客戶洽談完畢，風塵僕僕地趕到舉辦慶生會的啤酒屋時，時針已經指向晚上十點，大夥也已經吃的差不多了，餐桌上唯一剩下的一盤菜餚就是臭豆腐，在我吃完僅存的最後半塊臭豆腐後，不多久大家就散會了，而那一次是我那一年裡唯一參加過的同事聚會。

隨著我在這個行業的逐漸站穩腳步後，我開始和單位裡的同仁有更多的互動，不論是專業上的討論，或是拜訪客戶的心得分享。現任美商紐約人壽專案經理的梁史恆小姐、保德信首席壽險顧問的賴淑玫小姐，都是當時惠我良多的良師益友。

我也看到許多業務員，在應該出外拜訪的作業時間裡，還泡在辦公室中，三五成群高興地聊天說笑，或是討論客戶、同事間的是非長短。我當然能夠體會出外做業務的辛酸苦楚，相較於辦公室的冷氣空調、同事間的談笑作樂，酷暑下太陽日曬的悶熱、大雨時淋得全身濕漉漉，甚至在客戶面前被叮得滿頭包……，這些在辦公室外的作戰叢林裡屢見不鮮的畫面，就顯得令人難以忍受。況且，在辦公室裡處理文件資料也看似認眞工作，對自己及主管都交代得過去，因此逗留在辦公室的時間越來越長，對外出作業的辛苦也越來越排斥，相對地，就離成功越來越遠了。

這種行爲，美其名是同事間互相安慰、加油打氣，其實只是爲彼此舔舐傷口，拖延陣亡的時間而已。我一直認爲業務員的戰場是在辦公室之外的地方，同事間的相處則應該要讓彼此都能進步成長。

我不相信窩在辦公室能孵出多少的業績，眞正能讓你繼續生存下去的糧食，是在外面的市場上；今天你不出外獵食，就有數以萬名的其他業務員正

逗留辦公室的時間越來越長，
對外出作業的辛苦也越來越排斥，
相對地，也離成功越來越遠。

一步步吞噬掉你的獵物。如果每位從業人員都能將壽險工作當成是經營個人的獨立企業，工作心態也會大爲不同。抱持著一般上班族的心態來從事這份工作，每天應付主管、和同事打屁度日，那麼失敗的苦果一定會更酸澀。

以行動消除壓力和焦慮

每個月、每年重新歸零的業績，像是一個不斷被栓緊又鬆開的壓力閘。在業績截止日前，爲了衝刺尚未達成的業績目標，這股壓力逼使得業務員不得不榨出每一絲能夠運用的時間及資源，咬牙拚擠出看板上的每一個數字，以期在最後一刻前完成。每當業績截止日一過，拖著像汽球洩氣似的疲累身體，見到看板上已經達成的目標，又被「零」這個數字給取代，意味著下一次的挑戰又即將開始。

很多人視業務員的業績壓力爲畏途，因此不敢嘗試業務性質的工作，但是我認爲不論身處何地，壓力無時無刻都存在。壓力的存在是一種常態，並不只發生在現代人身上，每個時代的人們都面臨著不同的生存壓力，上一代壽險業務員面對業績壓力時，遭遇痛苦的部分原因來自於心底沒有眞正認同保險為大衆帶來的價值，所以被一時的業績數字給疑惑了。

的人，感受到的或許不是朝九晚五的工作壓力，而是下一頓飯在哪裡、下一次作物收穫如何的「生存」壓力。

現代社會中，我們早已脫離追求肚子溫飽的生存壓力，而進一步追求自我實現的壓力，如影隨形地存在於我們心頭。這種壓力源自於你心中對挑戰自我的驅策，你越想追求成功，你心裡的壓力也就更沉重，如果你並不想把事情做好，對成功的標準降低，感受到的壓力也就相對減少。所以，不妨將壓力解讀為你心中對成功渴望的測量值，而不要將壓力視為人生的痛苦源。

我了解許多人面對壓力採取的是逃避的方式，其實這是因為他們並沒有看到問題的本質為何。一個人頭痛不適時，自己上藥房買個頭痛藥吃，頭痛的症狀看似暫時解除了，但是若沒有去了解頭疼發生的眞正因素，對症下藥，頭疼的毛病會一再發生。頭疼只是發病的症狀，你眞正應該找出導致頭疼的肇因，搞清楚究竟是什麼病源讓你不斷頭疼。同樣地，壓力也只是一種症狀，一個人若是藉由逃避來解除壓力帶來的痛苦，或許你就會一再錯過治癒的時機，導致你的人生得了重病絕症，良藥罔效。

壽險業務員面對業績壓力時，痛苦的部分原因來自於心底沒有眞正認同保險爲大眾帶來的價值，所以被一時的業績數字給疑惑了。所有追求高成就的Top Sales都曾面臨無窮的壓力，但享受著成功後所帶來的成就感與自我滿足的他們，也早已學會如何和劇烈高壓相處；隨著壽險生涯的地位漸隆，他們的抗壓力量自然更爲強大。

其實壓力最大的時刻是發生在你遲遲未採取行動的時候，所有的恐懼、疑惑與擔憂不斷地累積膨脹，一旦你開始下定決心有所行動時，壓力就會隨著你不斷地往前走的進度自然地消降。隨著經驗的累積，我做決定採取哪些行動的思考時間更加縮短，因此當壓力接踵而來時，我可以更快消除壓力對我的影響。

我不斷將自己的實力維持在滿水位，
當工作中臨時需要我的經驗知識做快速判斷時，
就能毫不猶豫地在第一時間內做出好的決定。

一陣大雨過後，水庫裡的水流之所以能夠源源不斷地灌溉至下游地帶，是因爲水庫早已蓄有足夠的積水量，否則在苦旱的季節裡，雨水早已被乾涸的河床吸收了，遑論供水功能的正常運作。在工作中一步步踏實累積的知識與經驗，是我平日積蓄的滿湖雨水，我不斷將自己的實力維持在滿水位，當工作中即時需要我的經驗知識做快速判斷時，我總能毫不猶豫地在第一時間內做出好的決定。

壓力鍋內的氣壓劇烈強大，但正因爲這股高壓，使得鍋內需要慢燉細熬的食材，在短短時間內，就能美味上桌。要速立即地享受美食，或是揮汗守著一盅爐火慢慢等候，不同的方式有不同的辛苦及味道，你喜歡哪一樣呢？

突破壽險生涯中期的瓶頸

經過近八年來的努力不懈，我已經踏上國際壽險業的最高點TOT，回首一路走來的經歷，許多感觸一一躍上心頭。回想起一開始的辛苦付出、中期時的迷惘困惑到目前的篤定前進，這些年來，心裡的想法隨著階段改變而大有不同，不管你現在走到哪一個階段，希望都能在我的故事分享中，得到一些共鳴與支持。

在入行的初期，不諱言地，我一心追求的目標是高收入。物質的成就、公司榮譽的肯定，是讓我產生工作動力的原因之一，所以我將全副心力投入大量的拜訪上，辛苦奔波的勞累往往超過我身體的負荷，所以當時的同事三不五時就聽到我又發生車禍的消息。

我相信「凡事都要付出代價」，
每個人在獲取任何事物前，
都必須衡量自己能為真心所求付出多少代價。

一整天奔波下來，太過疲憊的我，常常在開著車的同時，沉重的眼皮便不自覺地垂下，有時，等紅綠燈的空檔，被瞌睡蟲陣陣襲擊的我，不知不覺中就闔上雙眼睡著了，然後在後面車子不耐煩的喇叭聲中驚醒。

那一年裡，我發生了三次車禍，大多是我撞上別人的車子。記得有一次，在下了內湖交流道時，神智有些恍惚的我，就這樣毫無減速地衝撞上前車的車尾。我的主管林耀燦就陪著我，到處去做和解協談。那年，光是車子的維修費就花了十幾萬元。

有很多初入行的業務員，看到高收入的Top Sales生活，心生嚮望之餘，必須先捫心自問：自己願意付出多少努力來換取這樣的成就？你真的要追求這份成功嗎？畢竟東奔西跑、日曬雨淋、還要看人家臉色的日子，是需要極大的毅力才能撐過來的。

現在的我，在外面演講時，台下許多的聽眾只好奇地想知道如何在最短的時間內，成爲一位成功的Top Sales，但是有多少人深入了解到在光榮頂峰的底下，是以多少倍更甚於其他人的努力付出，才堆砌出這樣的基礎。

我在壽險業第一年時，就已經獲取MDRT的會員資格，但是很少人了解，我這一百三十萬的業績就是以一百二十件的保單累積出來的，因爲這些一步一腳印所付出過的心血，疊砌出堅實厚硬的基座，如今我才能一步步踏上金字塔頂端，屹立不搖。

我相信「凡事都要付出代價」，每個人在獲取任何事物前，都必須衡量自己能爲眞心所求付出多少代價、代價爲何。年輕人可以爲成功付出的代價，就是充裕的時間、體力以及柔軟的身段，所以應該好好把握這個階段。

憑著對成功、金錢的渴望，度過初期的奔波之苦後，就是下一個階段的

在開始的階段裡，務必盡其所能的建立一個厚實的基礎，
將來當你面臨的困境時，
才有本錢在基礎上改變，並有所作為。

開始。在壽險生涯初期，因爲想得單純，所以衝勁也最大，但是隨著經驗增多，「自我突破」成了最困難的考驗。就彷彿是練習高爾夫球時，從一百桿降至八十桿不難，但是從八十桿進步到七十五桿就是一件不容易的任務。

壽險生涯中期的瓶頸出現時，整個人彷彿是身墜五里霧中，前後只是白茫一片，完全看不清前方的景色，不知未來的目標在哪裡，繼續走下去，前方會是柳暗花明又一村，或是萬劫不復的地獄谷呢？

衝刺了一年的業務工作後，當撕去十二月三十一日最後一頁的日曆紙後，今年所有的業績數字又重新歸零，隔年的業績目標又等著我去挑戰。當時這種追趕業績的輪迴讓我覺得心理疲憊，我一輩子就要這樣不斷的重複循環下去嗎？我永遠都要辛苦地花費這麼多時間和心力在工作上嗎？再加上當時在客戶理賠上遭遇了一些挫折，我對於自己大量衝刺業務的方式已漸漸感到彈性疲乏。不知如何改變現狀，又沒有過來人可以指導我，因此開始對壽

險工作產生懷疑，我還曾經告訴同事梁史恆說：「我想要去投資銀行工作。」

這種感覺像是走著走著，忽然陷入泥沼中，一開始驚慌失措得想要掙脫，越用力的同時，卻陷得更深，汩汩而來的泥漿彷彿即將淹沒了頭頂。但隨著紛亂的思緒逐漸冷靜下來，沉澱思考過自己的作業方式後，發覺自己還有很多的進步空間及可以改善之處，因此重新將心思集中在如何自我改變。

心情、舊工作模式，以及相同不變的客戶群，是困住我的幾個關鍵，我知道除非有所變革，否則我的事業現況不會將我帶至更好的境界，即使我努力如常。因此我決定在作業方式上，做一個大幅度的變動，其中包含了放棄舊有的工作模式及業務談法。

這對一個初步成功的業務員來說，並不輕易做到。就像是一個拿著泳圈游泳的人，忽然之間，必須丟掉賴以維生的泳圈，靠自己的力量重新學會游泳；如果成功學會了游泳，那麼他未來將可以游的更快更遠，但若是失敗了，那麼他也將在汪洋大海中溺斃死亡。抱著決心，我走上轉型這條路，前途未卜，但是我不留給自己反悔的後路，最後我轉型成功了。

如果你是剛進入壽險業的新手，那麼請謹記在開始的階段裡，務必盡其所能地建立一個厚實的工作基礎，將來當你面臨到和我相同的困境時，才有本錢在基礎上改變，並有所作爲。就如同愛迪生在發明電燈時，也是試過兩萬五千種材料，才能點亮那顆燈泡。記住，當你累積越多的基礎功夫時，你才能越快走出這場迷霧。

如果你正在經歷這段過程，也請重新思考，是這個行業抑或是舊有的工作習慣困住了你，如果想清楚了該如何改變，就勇敢放手去做吧！

「成功」是擁有影響別人的力量

在波斯灣戰爭中，老布希總統帶領美國及西方國家獲得了勝利，他贏得的戰果除了軍事上的勝利外，還有超高的全民支持率。但兩年後，獲得高民調的老布希，卻在總統大選中敗給年輕的對手柯林頓。贏了選舉的柯林頓，在任期內發生的性醜聞接連不斷，搞得全球皆知的誹聞風波還差點讓他跌下總統寶座，任期屆滿後，從他手中接棒的又是老布希的兒子。

從上述的例子，不難看出成功兩個字在前後兩屆的美國總統身上，似乎很難有一個清楚明確的定義。關於成功，我認爲，標準存乎每個人的心中。

每個人都想獲得成功，但是當有朝一日眞的獲得夢想中的一切時，有的

成功最終的榮耀來自於心中的那把尺，
而不是外界的輿論眼光；當內心價值與外在行為和諧一致時，
你的快樂才能由內心深層而發。

人心裡卻備感悵然若失、空虛不安，這是因爲你所追求的是社會價值觀下，或是由別人訂立的成功標準，金錢、地位、權力這些東西眞的是你所追求的嗎?或者你眞正所求的是更深刻的人生價值，而你卻渾然無所覺呢?

如果你不曾深入思考眞正令你心生嚮往的成功生活，就盲目地投入追求，反而虛擲了許多人生光陰。因爲當你跋涉千山萬水抵達目的地後，可能才赫然發現你想要的寶藏其實位在另一個山頭，甚至是你出發的原點，而你一路上已經失去了青春、體力、健康、家庭生活、孩子的成長等等你再也換不回的一切。

成功最終的榮耀來自於心中的那把尺，而不是外界的輿論眼光。終究，每個人無時無刻都是在和自己相處，你可以關起門不聽不看外界的世界，但卻無法斬除心中對自己的每一份感覺。當內心價值與外在行爲和諧一致時，你的快樂才能由內心深處而發，因爲你毋需掩藏，心靈上自然平靜。

在我心中，事業成功的定義是，擁有足以改變世人刻板印象的力量。當統一引進7－11並連虧七年時，外界一片嘲諷之聲，認爲統一要以7－11取代雜貨店的夢想無疑是癡人說夢，但是成功後的7－11不但取代了傳統雜貨店，更引爆起一股通路革命。在喜見達（Hägen-Dazs）冰淇淋的美味還未風靡全球時，大家哪會想到一球不起眼的冰淇淋，會在世界各地造成一股股的風潮。上述這些例子都可以說明，一件原先不起眼或看似毫無勝算的事物，卻能憑藉成功後的力量，向世人證明，他們的刻板印象錯了。

入行越久，越感受到不論是同業或國人，對於壽險工作都有著錯誤的認知，長久以來我一直希望，能夠藉由我成功後所獲得的影響力來扭轉這種刻板印象。

當我母親得知我要走壽險這一行時，她焦急地勸我打消這個念頭，因爲她從左鄰右巷街坊中所得知的壽險業務員印象就是，要認識很多人、很有耐

在我心中，事業成功的定義是，
擁有足以改變世人刻板印象的力量。

心，沒有人脈的我，自然是沒有條件在這個行業立足。但是一年後我就以優秀的成績扭轉了母親的這個偏見。

美國亞馬遜網路書店的創辦人貝佐斯，創建自己的王國後，不但爲自己帶來財富，更有意義的是他在網路業豎立了行業典範，還改變了人類的生活，這種影響力是再多金錢也難以買取的。我期待不久的將來，我能夠藉著我的努力，將「壽險顧問是一份專業工作」的形象長久建立在人們心中。

金錢是實現夢想的工具

「金錢」收入似乎是每一位壽險業務員在遭遇百般挫折與銷售艱辛後，仍願意勇往直前的一大動力。我還在新人階段時，心中單純的目標也是追求高收入，隨著我不斷的努力，銀行戶頭裡的數字也直線增加，漸漸地，我開始能夠擺脫金錢的桎梏。雖然還未完全達到我心中的財務目標——眞正的財務自由，但是我的時間、做事態度及想法已經不再被金錢的力量所限制，因此我有更多的餘裕去做我想從事的事；或者可以說，我逐漸在金錢與夢想的兩端得到平衡的力量。

在我的經濟基礎穩固後，我也慢慢看清金錢的意涵。如同我一貫的立場，我相信金錢不是推動人們努力工作的最終動力，物質上的享受只是一種

更進一步地定義，
金錢是一個在你努力過程中自然產生的附加價值，
努力真正的目的應該是為了追求更好的人生品質和實現夢想。

辛苦努力後的犒賞，所以每年出國旅遊就是犒賞我一整年的努力，我絕不會像別人一樣借款出國旅遊，因爲努力過後那份充實與成就感才是旅程中最好的助興劑。

更進一步地定義，金錢是一個在你努力過程中自然產生的附加價値，努力眞正的目的應該是爲了追求更好的人生品質，如果本末倒置的盲目追求，可能最後的結局就是你有了金錢，卻失去一切，包括家人、朋友、健康及一顆眞誠自在的心。金錢只是一種工具，透過它你能夠有效率的享受其他的人生基本元素(家人、友情、自我等等)，例如：買一輛休旅車，是爲了享受一起和全家人出遊踏青的快樂，而不是炫耀自己的賺錢能力。

我常常勸誡身邊的年輕人，要清楚你現在花的每一分錢是需要還是想要。買車眞的是因爲工作需要，還是想要用來突顯自己的物質身價。雖然我的經濟實力不錯，但是實在是因爲業務工作需要東奔西跑，所以我才添購一部車。如果我看到身旁有公共電話，我也會拿著電話卡去使用，不會圖一時之便猛打手機。

很多人都猜想以我現在的實力，我應該住在美麗的豪宅裡，但是我的回答往往令他們大感訝異，「我現在住的房子只有二十幾坪，而且還有房貸未付清呢！」對於他們好奇的眼光，我一點都不覺得有啥奇怪，畢竟對獨身的我而言，這樣的坪數已綽綽有餘，而未結清的房貸更是有著節稅的用處，這也是我的財務專業運用在自己身上的實例。

暢銷書籍《富爸爸、窮爸爸》系列第三集中，曾提及每個人心中有三個財務核心價值選擇：安全、舒適、富有。我心裡很清楚，我要追求的財務目標是富有，因此我不會只重視物質生活的舒適優渥。我沒有將大部分收入砸在購買豪宅或其他物質享受上，而是選擇一棟符合我現階段需求的房子，並將其餘的資產做更有效的安排運用，如此才能創造出我所追求的財務目標。

隨著收入提高，無窮盡的物質慾望反而花掉更多
努力賺來的錢，當下的生活看似更舒適無虞，
其實無形中已經與富有的財務目標漸行漸遠。

其實每一位業務員心中都是以追求「富有」爲財務目標，才會選擇從事辛苦的業務工作，並忍受其中的挫折與不穩定。但是隨著收入提高，換車、購屋、華衣美食等等無窮盡的物質慾望反而花掉更多努力賺來的金錢，當下他們的生活看似更舒適無虞，其實無形中已經與富有的財務目標漸行漸遠。

業務員的每一分錢都是辛勤得來的，因此我不會隨便浪費，而且曉得如果能夠活用金錢，會創造出更多的價值。一位和我配合良好的秘書，可以從我手中領走百萬以上的年薪，遠超過她們在一般企業工作的薪水收入。

藉由金錢的力量，你還能夠完成深藏心底的夢想。然而你清楚你的夢想是什麼嗎？不妨用一個問句來測知你的想法，「如果你有用不完的時間與金錢，你要做什麼？」這個答案就是隱含在你潛意識中的眞正的渴望。

我的夢想除了希望能發揮自己工作上的影響力之外，還能夠幫助別人。

雖然我現在依然單身，但這些年來，我已經認領了六位家扶中心的兒童，除了提供金錢上的資助，在寫給他們的一封封信裡，我不斷鼓勵他們多多運動、培養自己的興趣。我希望向他們傳達，雖然他們現在的生活並不順遂，但是社會上還是有很多人在關懷他們。雖然他們現在年紀還小，但是我希望藉由這份鼓勵，使得將來他們長大後，不但能照顧自己，還有著正面積極的人生態度。我也期待以自己在事業上的成功心得去幫助一些需要協助的同業，並能夠扭轉壽險業在一般人心中的形象。

有句話描寫得很傳神，「我好不容易找到了答案，卻忘了最初的問題是什麼？」請永遠別忘了你是金錢的主人，你可以妥善運用它去完成你最初的夢想，當你在百折千迴的人生道路上迷路了，或對未來感到疑惑時，別忘了抬頭看看，守護著你心中夢想的那顆北斗星。

3 越過巨人的肩頭邁向顛峰

業務員的生涯有很多不同的境界，
但不論哪一行的業務員，
都必須做好生涯規畫，訂立更高層次的目標，
當壽險業務員將自己的事業看作一個獨立企業時，
他會格外重視自己的「品牌」，
期許自己成為壽險業中的PRADA與香奈兒，
以第一流的服務品質形成市場區隔。

理財顧問與壽險顧問大不同

由於壽險業以往的專業形象並不突出，所以許多新進業務員的名片上喜歡印上「全方位的理財顧問」幾個字作爲號召，對於業界間盛行這種理財顧問甚於壽險顧問的風氣，我並不十分認同。

保險是一塊複雜的領域，人身保險的主軸就包含了團險、失能險、長期看護險、人壽險等四大類，一位壽險顧問要完全熟悉保險專業的內容、被稱爲全方位的壽險顧問已十分困難，更何況壽險只是財務領域中的一部分，要做到綜合型的理財顧問簡直不可能。

我能了解現在大家一廂情願地標榜著理財顧問的心態，但是當你打著理

一個理財顧問的工作責任是根據顧客的需求，
視景氣狀況為其作資產配置，而不是金融商品的操作或買賣，
更不是提供客戶選股資訊與內線消息。

財顧問的旗幟時，客戶心理上也會有特別的期待，如果聊上幾句後，發現你對此其實沒有深厚根底，滿口談論的脫離不了保險二字時，心底難免對你的專業形象大打折扣，無疑是偷雞不著蝕把米的行為。

在我一開始從事這個行業時，和客戶討論的重點就集中在風險規畫上，因為這才是保險最根本的精神。當時我對保險的專業知識還不足，所以我的進修計畫都離不開保險範疇。我在心底設定的目標就是成為第一流的壽險顧問，因此在這塊領域上下了極深的功夫，無形中吸收到的其他財務領域知識也與日俱增，在我和客戶商談時，往往是客戶自己有感而發地對我說：「你談的不只是保險，還包含許多理財的概念。」

一位剛踏進壽險業的新人，對壽險行業的認同度還不高，藉著「理財顧問」的頭銜來區隔以往大家對壽險業務員刻板印象的作法，是可以理解的，但我並不認同。因為一位壽險顧問不能忽略專業的出發點仍是壽險，當你的

壽險專業基礎穩固後，才能不斷累積其他的財務知識，從而發展爲一位眞正的理財顧問。

多年下來，我也觀察到一個有趣的現象，很多保險業務員入行初期，總喜歡宣稱自己是「理財顧問」，怕朋友們一聽到保險兩個字就被嚇跑了。但隨著投入時間的累積，自己財務知識的大幅提升，漸漸成爲保戶其他投資理財領域的諮詢顧問後，反而可以大方地告訴他人自己從事的是壽險工作。

另外，許多人對於理財顧問所提供的專業服務也有所誤解。個人理財包括很多層面，一般人聽到理財就直接聯想到投資，這是很粗糙的講法，其實理財是一種動態的資產配置，會隨著景氣變動做調整，並不是一種僵硬固定的規畫。

一個理財顧問的工作責任是根據顧客的需求，視景氣狀況爲其做資產配壽險顧問像是一位短跑跑者，比賽結果全看你衝刺的速度，但是理財顧問就像是馬拉松選手，比賽過程裡要不斷配速、調息，需要的是策略運用。

置，而不是金融商品的操作或買賣，更不是提供客戶選股資訊與消息，你花再多的時間都無法追上那些每天與股市數字爲伍的證券基金經理人或股市分析師。

壽險顧問像是一位短跑選手，成交的每一件案子，就像是一次次參加的百公尺競賽，賽程短、比賽結果全看你的衝刺速度；但是理財顧問就像是馬拉松選手，比賽過程裡要不斷地配速、調息，其中需要的是一種策略運用。這兩種田徑項目運動講求的作戰方式不同，但不論你現在的擅長項目爲何，前提都是要擁有充沛的體力及長期的訓練，對壽險從業人員而言，這表示你必須擁有足夠的專業知識及長期的實戰經驗，否則將在壽險業的這條路上跌跌撞撞，甚至是提早出局。

理財顧問的藝術

金融界有種迷思，以爲不斷推出各種新的金融產品，刺激客戶的需求，就能提升業績。這些令人眼花撩亂的金融商品眞能滿足客戶所需嗎？對此，我有不同的看法。

一家著名的外商銀行，幾個月前曾經在電視媒體上播放了一段廣告。畫面中，一位知名的男主持人說，藉由這家外商銀行，他享受到許多高級的金融服務。隨著鏡頭移轉，他走進了這家外商銀行，一進去該公司的理財服務櫃檯，美麗的理財顧問小姐立刻帶著甜美的微笑走上前來，笑容可掬地對著這位先生說：「鄭先生，我們公司最近推出了某某新產品，你一定會喜歡。」這位倍受禮遇的名嘴接著被邀請進入貴賓室，結束了這支廣告。

金融產品的組合像是治病的藥方，
最新、最貴、立即見效的藥材，不見得對病人最好，
最適合的藥劑才能為患者消除病痛。

當時這支廣告的內容的確引起許多注意，這家外商銀行提供各種新金融服務的印象也確實深植消費者心中，但我覺得這個廣告訴求是錯誤的。

當一位身體不舒服的病患，走進一個醫生的門診室時，有專業權威的醫師會在仔細地查看病人的病情後，給予最「適合」的診治，並開出最「適合」的藥方，一位專業的醫師不會對病患說：「我們公司最近推出了許多剛上市的新藥方，你都來試試看。」

金融產品的組合像是治病的藥方，最新、最貴、立即見效的藥材，不見得對病人最好，最適合的藥劑才能爲患者消除病痛。一個專業的理財顧問就如同學有專精的醫生，仔細檢視客戶的財務狀況後，才能建議客戶採取哪些理財方式、搭配哪些金融商品，並藉此健全客戶的財務體質，甚至是治療對方的財務重症。也就是說，一位優秀的理財顧問不但必須深入了解各種金融商品的用途及副作用，還要有專業的財務素養才能精確地對症下藥。

國外專業財務顧問有七大角色：人身保險（People Insurance）、產險（Property Insurance）、資產配置（Asset All Location）、稅務規畫（Taxation）、資產規畫（Estate Planning）、退休規畫（Retirement Planning）、大學教育基金（College Funding），以及預算規畫（Budgeting），每位財務顧問對上述的七種角色都應有一定程度的了解，再依其學經歷背景選擇一個領域鑽研，如此才能被稱爲是理財顧問，國內許多從業人員甚至連保險領域都未充分掌握，或者只懂保險這塊領域，就自吹自擂地冠上理財顧問的頭銜，這是非常不專業的作法。

上述的七種角色我都曾深入研究過，除了保險外，資產規畫是我擅長的另一個領域。如果現在客戶正打算投入一筆兩百萬美金的投資計畫，從如何籌措這筆資金、可能造成財務上怎樣的負擔，到各種投資標的會有何種不同的影響等等主題，都是我會給予客戶的專業建議之一。

一位優秀的理財顧問不但必須深入了解
各種金融商品的用途及副作用，
還要有專業的財務素養才能精確地對症下藥。

我和客戶之間的財務討論議題範圍廣泛，曾經有一位身家資產上億的客戶，準備購買房子並斥資裝潢，在聽完我的財務建議後，他如釋重負地對我說：「終於有人明確地告訴我，到底我可以買價值多少錢的房子，以及我可以花多少錢在傢俱、裝潢上。」

國外奉行的資產配置原則中，不動產方面的投資以佔百分之十到二十的資產比例爲標準。依照這樣的原則，在衡量過對方的整體財務狀況後，我算出這位客戶花在不動產上的預算應該控制在三千萬內；又因爲對方已經買了一棟價值二千五百萬的房子，所以家具裝潢的費用應該低於五百萬。

個人的財務診斷是一種藝術，沒有絕對的客觀性，需要長期的經驗累積與廣泛的知識涉獵，可惜台灣現行大學教育體制內的財務相關學科，都是以法人財務爲主，鮮少涉及到個人理財，我始終認爲個人理財應該列入正式的教育體系內，以建立專業系統。

因爲現在我仍是壽險顧問的身分，所以當我在推薦保險產品時，仍避免不了予人老王賣瓜的聯想，但是我希望未來能夠推動個人理財的專業風氣，並使大眾能夠用綜觀的角度去討論保險、基金、不動產……各種理財工具爲他們帶來的不同利益。

若以壽險業務員的角度來看，釐清自己專業上的定位是眼前更爲重要的任務。未來壽險業務員的走向可套用醫生的專業型態來舉例說明。

醫生有專門科醫生及綜合科醫生的不同區隔。專門科醫生擅長某項單一科目，例如：內科醫生、心臟科醫生等等，他們在專業領域內做極深入的研究，專業性質是單純、精準、求深度。綜合科醫生不需極精通某塊領域，但卻必須對整體架構有全盤的了解、掌握，專業性質講究博通。

需要借助其他科專家來做深入診斷治療的綜合科醫生，必須用更宏觀的

不管何種壽險顧問，都不能只以產品解說員的角色自居，
應該期許自己像一位學有專精的醫生，
如此才能為客戶規畫最適合的產品。

層次來解決病人的病痛，他雖然不用專精某項科別，卻必須吸收更多相關知識，才能將病人轉介給眞正適合的醫生，以進行後續的治療。綜合科醫生和人們的關係是長期性的，像家庭醫生般，有時還要做一些「該減重了」，或是「要多補充維他命」之類的提醒。相反地，專門科醫生和病人則屬於短期關係，當病患的症狀獲得改善後，兩者之間的關係也宣告結束。

綜合科醫生像是一位擬定作戰策略的將軍，專門科醫生則彷彿是講求戰術的前線部隊，兩者之間並沒有好壞高低的分別，每個醫生只是依照自己的專長和興趣來決定專業的方向。

壽險業務未來的方向，無論是有心成爲全方位的財務顧問，或是決定專精於某一領域，都可以運用相同的道理。同時，不管何種類型的壽險顧問，都不能只以產品解說員的角色自居，應該期許自己像一位學有專精的醫生，清楚診斷病患的病情後再對症下藥，如此才能爲客戶規畫最適合的產品。

胸有成竹才能直接切入主題

在同事眼中，我是一個謀定而後動的人，他們常常見到我一個人坐在辦公室一角沉思，其實我腦海中正不斷排演著，如何以清晰有力的方式回答客戶提出的各種問題。

入行的前幾年，我會盡量找時間和主管、同事做角色扮演（role play）。公司也準備了一架攝影機，好方便我們將角色扮演的全部過程錄下，以助於我們事後觀察自己的表現。雖然只是辦公室內的角色扮演，但是我會把它當成是和客戶洽談的實地情境，事前所有的準備工作一樣不缺。有些同事會覺得攝影機在旁拍攝的感覺很奇怪而拒絕錄影，要不就是在演練過程中，遇到答不出的問題或笑場時，便中途暫停攝影機，但是我堅持用錄影機錄下完整過程，絕不中斷。

有一次，我準備向一位小企業的老闆娘遞送建議書，爲此，我特地請辦公室裡一位入行前也當過老闆娘的同事梁史恆小姐協助，希望她以過來人的經驗假想對方可能提出的拒絕方式。在梁小姐的協助下做完角色扮演的練習後，我們一起看了整捲錄影帶，這才知道：「原來我在客戶面前，臉都是這麼臭！」她好笑地回答：「你現在才發現啊！」

雖然那次交易以失敗收尾，但之後每一次和客戶見面前，我都習慣在心裡做一次角色扮演，模擬各種會談過程。很多業務員事前沒有做這個功課，所以一到現場，就被客戶的幾句話、幾個動作影響了表現，自信也受到打擊，顯得手足無措。

很多人好奇我如何在客戶面前從容展現出自己的專業，其實我的答案很簡單，就是拜訪客戶前，先在心中擬好一張地圖，上面詳細繪製了今天會面時，所要討論的主題，以及可能發生的各種情況。記住，洽談過程中，應該由專業的你來引導進行，就像開車時，在哪一個路口要左轉、走哪一條路才能最快抵達目的地，都掌握在你手中的方向盤上，當然這必須經由多次練習才能漸漸上手。

其實，一個新手要熟悉這些臨場技巧並不困難，只要努力練習，從零分進步到六、七十分，遠比從八十分進步到九十分，甚至九十分進步到滿分，來得容易。許多擁有三、四年經驗的業務員，對於將已經熟練的技巧琢磨至更完美的境界感到棘手。其實這五分、十分的差異，都出現在每一個段落主題間的空檔，要懂得承上轉下俐落銜接，才能使會談過程更臻完美。

簡單有力的問句是很好的轉接辭，例如，在上個主題告一段落後，我會看著對方問：「對於剛剛討論的問題，不知道陳小姐是否還有不了解的地方？」並留給對方一點思考的時間，順便觀察他的反應。接著才說：「如果沒有問題的話，那我們繼續討論進一步的建議。」不過，對已經身經百戰的我而言，現在反而比較會順勢而為，不刻意去引導客戶的思緒，因為功力更為深厚，往往在輕描淡寫中，已經逐一化解對方拋出的各種難題。

除了事前的規畫準備外，鎖定方向、緊扣主題更是業務員在洽談過程中需要具備的技巧。

每次踏入客戶辦公室時，你的開場白是什麼？你是否有足夠的自信引導客戶切入今天的主題？還是怯於開口要求對方投保呢？如果是初次見面的客戶，我會在雙手遞上名片時，指著名字下方的幾個字說：「某某先生您好，我是保德信人壽黃志明，ＭＤＲＴ會員。」接著我會以三十秒的時間，向對方扼要說明ＭＤＲＴ的專屬會員的涵義，然後就直接進入今天的重點。

坐下和客戶對談時，我不會浪費太多時間和對方閒話家常，因爲客戶很容易被你開頭的話題帶著走，東扯西聊的，反而是自亂陣腳，分散了對方的注意力。其實對方和你約定碰面之前，已經對今天要討論的主題有了心理準備，不用你聊些旁枝末節的瑣事來Ice Breaking（破冰），開門見山地直接切入主題反而讓你有更多時間去了解保戶在「保險專業」上的眞正疑惑。

很多業務員會採取旁敲側擊的方式，「暗示」客戶必須重視保險，例如對客戶講述一些處境可憐的案例，來強調保險的重要性，或是拐彎抹角地探知對方目前的投保情況。或許大部分業務員會認同這樣比較不會造成客戶壓力，但就我個人的看法而言，這只是因爲業務員沒有足夠的信心，相信自己可以採取直接有力的方式，讓對方了解到投保對家庭及個人風險保障的益處，所以不斷牽扯其他話題來達成銷售的目的。

其實保戶聽到這些「他人」身上發生的悲慘小故事時，的確會被打動或

很多業務員會講述一些處境可憐的案例來強調保險的重要性，
其實只是因為他沒有信心採取直接有力的方式，
讓對方了解到投保對家庭及個人風險保障的益處。

爲故事中的主角感到悲哀，但就是因爲這些是「他人」生活上發生的悲劇，感動難過只停留在心頭的表面，不會深刻地思考自己在現實生活中也可能遇到的類似處境，造成家人的生活劇變。

一開始便單槍直入地探取問題核心，是我最常採用的方式：「林先生，你能不能告訴我，如果你今天生了重病，半年躺在病床上不能工作，你如何應付家裡的所有開支？你有足夠的應急金可以支付小孩的學費、房租、車貸嗎？」「王先生，如果今天你因爲車禍意外死亡，家裡的房貸無法繼續繳納，而將被銀行收回時，你的老婆小孩及父母要棲身何處呢？」藉由立即直接的問題，讓客戶認眞思考自己身後或生病時，家人可能面臨的經濟窘境，接下來你需要做的就是以你對保險的專業素養，提供他們所需的服務。

事前充分收集資料、做好模擬練習，盡量以直接的方式切入重點，自然能在客戶面前建立專業有效率的形象，才能讓客戶與你的關係長長久久。

風險隨時可能發生

做任何事時，必定有其核心信仰作為內在力量的支撐，從事保險事業更需要一套信仰，否則在浪來浪往的業績高低起伏中，很容易迷失與滅頂。

對我而言，因為相信風險可能會在下一刻產生，所以絕對要讓客戶體會到保險對他的家人有何意義。但是許多同業沒有這層體會，反而是追求學習許多外在的業務技巧或話術，希望藉此打動客戶。

壽險銷售方式分為兩個層面：Salesmanship(業務導向）以及Life Plannership(壽險顧問導向），這兩者的主要區別在於從客戶角度來思考的成分有多少；前者更重視以業務技巧來成交保單，後者則期待銷售的前提是以客戶的需求來規畫保單內容。每位從業人員身上多少都具備這兩種特質，只是比例上的不同。問題就出在許多業績不好的業務員會自我安慰說：「我業績不好的原因出在我太爲客戶著想，而不願意用那些銷售技巧來欺騙客戶。」「那些業績好的人還不是因爲昧著良心在銷售。」我認爲這是一種掩蓋事實眞相的偏見。

事實上，許多成功的從業人員本身具有很強的Life Plannership，甚少動用到Salesmanship，原因在於如果你能夠將Life Plannership的精神完全發揮出來，和客戶互動的過程中，直接讓對方深刻地感受到壽險在風險規畫上爲家庭所帶來的安全保障，你根本不需運用任何業務技巧來促成，體認到保險重要性的人，自然會簽下那一紙合約。羅馬磁磚業務工作的磨練，使得我這兩者的能力都很強，但是Salesmanship對我而言，幾乎都是備而不用，頂多用上一、兩句話，所以我的保單持續率居高不墜。

不可否認地，業界當然也有許多表現好的業務員擅長以Salesmanship來說服客戶，但我深信這些以業務技巧打下的業績無法持久，一、兩年後，客戶保單的持續率必定開始下降。因爲保戶如果沒有眞正認同保險價值，一旦日後開銷增加，看似無形又無用的保險就可能成爲第一個刪除的對象。

如果今天一位客戶拿了二十萬給我，希望我爲全家人做一個完整的風險規畫，我必定會將大部分的保費規畫在負擔家庭重責大任的父母身上，然後將餘下的五、六萬保費爲小孩做規畫，並爲對方解釋這樣安排的用意何在。相對地，一個注重Salesmanship的業務員，會因爲儲蓄險的利潤對自己較有利可圖，而將保費預算盡量放在小孩的儲蓄險上，這樣的作法也切合了父母疼愛小孩的心態，毋需多費唇舌就能博取客戶的歡心。

我想，口才再好也比不上完全爲客戶設想的這份心意，而再高的業績也無法抵銷因爲一己之私而使客戶蒙受損失所帶來的良心不安。工作上帶來的利益是一時的快樂，但是若因此帶來愧疚感，將會是如影隨形的心理壓力。

口才再好也比不上完全為客戶設想的這分心意，
而再高的業績也無法抵銷因為一己之私
而使客戶蒙受損失所帶來的良心不安。

入行第二、三年時，由於一些保戶理賠無法順利進行，讓我對工作開始產生懷疑與厭倦。因爲篤信保險能夠爲家庭帶來風險保障的這份價値，所以我不斷地在外奔波，希望人們能充分感受到保險的意義，但是依公司角度來看，有些除外條款是不得不的限制，因此部分客戶對我產生質疑，幾次下來，鬱卒的心情讓我開始想停下腳步。當時心裡也深深感覺到別人願意將長達一、二十年的合約交給我，表示對我有極深的信任，這也是沉重的責任與壓力。有時候這些壓力及責任讓我快透不過氣來，因此很想卸下這些重擔。

我反覆思考許久，我手上原本的每一位保戶，都是因爲我的努力而認同了保險的價値，如果我離開了，這些保戶不是損失更大嗎？或許有少數的保戶不認同我，但是爲了保戶的利益，自問已經盡了最大努力的我，可以說問心無愧，我又何必離開呢？因爲一路走來，都堅持以客戶的利益爲優先，所以當我面臨沮喪低潮時，這份信仰自然成爲我心中的指南針，爲我指引出下一步的方向。

時間管理的價值與原則

在業務員初期階段的工作生涯中，時間管理的原則在於「密集」的拜訪量，尤其每週都應該開發一定數量的新客戶，有空檔就把它排滿，臨時被取消就隨時遞補新的約會。這禮拜可以遞出五份建議書給上週拜訪過的五位新客戶，而這一週拜訪的五位新客戶又成爲下禮拜遞送建議書的對象，如此累積下去，每週的工作量就會越來越大，當然成交量也隨之增加。

攤開我第一年的工作行程表，除了參加公司的早會課程外，幾乎都是在外與客戶洽談保單。我如果不是出現在客戶面前，就是往返於不同客戶間，每天早上八點出門，上完公司早會後，立即出外拜訪客戶，一天下來行程滿檔至晚上十一、十二點才返抵家門，一週七天，幾乎全年無休。

「效果」是否能夠彰顯和你當時的實力息息相關，
但「密集」及「效率」兩個階段
卻可以掌握在自己的努力上。

初期因爲客戶數量不夠，所以我盡量衝刺，只要有人願意和我談保單，顧不得距離遠近，我都會前去拜訪。現在回想起那段時間，腦海中經常浮現的就是我駕著車在高速公路上南北往返的畫面。因爲在初期階段做到了「密集」的時間安排原則，經過三、四年的耕耘後，我已經累積了相當多的客戶量，所以可以朝著時間管理的下一階段——「效率」邁進。

由於在第一階段中，我在各地已經建立不少的據點，一個定點有幾位舊客戶，在拜訪舊客戶進行後續服務時，也能一併開發新客戶，所以相同的地方，我就能同時進行服務舊客戶與拜訪新客戶的雙重任務，在一樣的時間內，我工作的效率自然大爲提高了。

而且在各地建立起越來越多的據點後，我可以依照地域的遠近來安排時間行程，如此一來，又節省下不少時間與體力。在我下面的一日行程表中，可以很清楚看到效率化工作對我有多大的助益：

早上在汐止拜訪四位客戶後，下午可以順路前往東湖，見完東湖的三位客戶後，轉往內湖工業園區，出園區的時間正好是碰上下班車潮，所以我利用這段時間去用晚膳，晚上八點再到天母客戶家中，當我最後回到內湖家中時恰好是晚上十點半。

經過增加「效率」的第二階段，時間管理的第三階段目標是進一步追求「效果」，「效果」的功效更甚於「效率」數倍，也許這天的早上、下午，我只各安排了一位客戶，但每一位客戶的佣金收入卻讓我有七位數以上的進帳，效果絕對大於一天跑了十位較小的客戶。

效果是否能夠彰顯和你當時的實力息息相關，但「密集及效率」兩個階段卻可以掌握在自己的努力上，尤其是初期密集的行程規畫，完全端看自己是否願意花時間體力去勤做拜訪。原則上我會將有成交把握的準客戶約在週一至週三碰面遞交建議書，週四、週五、週六則用於開發新客戶，因為每週

對於業務員鍥而不捨的堅持態度是該給予掌聲，
但應該鼓勵的是他們對目標的執著追求，
而非是針對同一對象的堅持不放。

前三天若無法完成本週的業績目標，我會好好檢討是否哪裡出錯，並且利用後面幾天的時間加以衝刺，以確保我能夠如期達到這一週的業績量。

業界對於一些拜訪單一客戶十數次後終於成交的銷售故事，常給予「有毅力」、「堅持不懈」的讚美聲，但是我倒認爲，同樣的時間與其耗在同一位客戶，不如分散在其他客戶上，或許成效更大。對於業務員鍥而不捨的堅持態度是該給予掌聲，但應該鼓勵的是他們對目標的執著追求，而非是針對同一對象的堅持不放，如此不但易令對方有死纏爛打的壓迫感，也不符合自己的時間成本效益。

我不會做十次拜訪只爲了成交了一張保單，而會選擇將相同的時間分配給三位潛在客戶，或許這三位客戶裡，就能夠成交兩張以上的保單。所以不同於其他業務員拜訪兩百人，以期成交一百人的作法，我會以四百人的拜訪量，來完成一百人的成交量。這樣的目的在於不讓客戶因爲感受壓力而倉促做決定，如此一來，日後保單持續率也才能持穩。

其實有效利用時間的方法人人都會，但關鍵在於業務員的企圖心是否夠強大，足以令他們將全副心力完全投注於工作上。一些資深業務員因爲長期經驗累積，同樣的工作內容，時間可以從五小時縮短成爲三小時，但生產力卻無法進一步提升，原因在於他們並沒有將多出來的兩小時繼續投入工作。

另外，許多業務員易犯的另一個時間管理上的錯誤，是他們將時間花在和生產無關的事情上，和同事聊天或是利用上班時間處理私人雜事，都佔去了他們不少作業時間。一個極度渴望在工作上有所表現的人，會時時提醒自己是否正在做和成功有關的事情、時間安排上是否做了最周詳的計畫。

時間的價値，人人感受不同。對於一位積極勤奮的人而言，把握時間就是把握成功的機會，但是在消極散漫的人眼裡，看著時間一分一秒的快速消

時間管理在工作生涯的不同階段有不一樣的重點追求，
確實做好每一個階段的工作要求，
自然會產生最有效果的成績。

逝卻依然感到無關痛癢，因爲他們的生命中充斥著許多無聊的時間需要打發。但無論每個人如何看待時間，時間的河流畢竟是一去再也不會回頭的。

客戶關係管理首重即時和守信

當客戶簽下名字的那一刻起，身爲一位壽險顧問的重大責任正要展開。成交是和客戶關係的開始，而非結束。隨著客戶人數大量累積，後續的客戶關係管理更有賴於系統化的客戶資料檔案，以及即時有效的回覆及行動。

打從我一進保險業時，我就恪守「即時」這個原則。拜訪完今天所有的客戶後，我一定利用瑣碎的空檔時間，或晚上回到辦公室時，將今天的拜訪情形一一紀錄在客戶檔案裡。哪一位客戶有任何需求，提出了任何問題，甚至是任何抱怨以及理賠紀錄我都詳實記錄下來，並預定好回覆的日期及客戶所需的資料。下次和同一位客戶見面以前，所有的問題解答都準備好了。

確實做好客戶拜訪記錄表，讓我能夠完全掌握和不同客戶之間的進度狀況，甚至能夠從中發展出更多新機會。多年累積下來，我的資料庫完整豐富，系統性的內容編排，不僅使我工作效率提高，新來的助理也能快速進入狀況。

即使是客戶隨口提的問題，我都記在心裡，一回到辦公室便立即處理，儘快回覆對方。有時客戶會大感訝異，沒想到我以如此認眞、專業的方式來處理他們其實也沒期待從我身上獲得解決的問題，甚至有時他們自己都忘了問過這些問題。

能夠爲客戶即時解決問題是因爲我有一顆重視承諾的心。和客戶約定好一年要實踐的事情，一年後，我絕對一日不差地爲對方處理好，沒有例外。絕不延宕、輕忽客戶的疑惑，並在第一時間內解決問題，讓我在客戶心中留下有行動力、專業的深刻印象，這種行事風格在我現在經營高額保單時，更有加乘效果；畢竟這些身居經營要職的高階人士，更需要精準有效率的服務。

此外，多年下來，我也觀察到身旁許多業務員在處理客戶服務時，常會犯了「定位不清」、「態度不對」的毛病，因此在和客戶互動過程中，工作情緒也連帶受到影響。有些業務員幫客戶處理喜喪事宜，甚至是找房子、找房客之類的大小雜事後，期待著這份辛苦賣力能換回幾張保單，如果事後客戶沒捧自己的場，還買了別家公司的保險時，不少人會以失望的怨懟之心，埋怨客戶不懂知恩圖報。其實這個問題的根源並不是出在客戶身上，而是業務員自己的根本心態已經錯誤。

壽險顧問的工作是提供大眾專業的壽險相關諮詢與建議，和客戶之間的關係更應建立在專業服務的基礎上。花大把時間精力處理無法突顯自身專業的瑣事，客戶最後若選擇了你，絕大部分也只是因爲人情的緣故。一位眞正

一位真正重視風險保障的保戶，
會選擇一位能為他提供專業服務的壽險顧問，
對壽險顧問而言，這群保戶才是最值得耗費心力爭取的。

重視風險保障的保戶，會選擇一位能爲他提供專業服務的壽險顧問，對壽險顧問而言，這群保戶才是最值得耗費心力努力爭取的。這類尊重壽險專業的保戶，日後需要任何相關服務時，自然會更尊重你在專業上的每一分付出。

我仍然會協助客戶處理專業以外的問題，但我是以「朋友」的立場來做這些事，事前不會有任何超乎朋友情義外的期待，所以事後也不會有失望落空的心情。除了朋友間有難同當的義務協助外，我也會和他們吃飯、出國遊玩，非但不會因爲他們的保戶身分，而故意委屈自己討他們歡心，相反地，我們之間的交往氣氛自然輕鬆。當你心中界線清楚，公私拿捏得當時，無論和保戶或朋友相處，受你行爲感染的他們，都會以對等的態度和你交往，不會對你有過分要求。

談到和客戶相處之道時，「不卑不亢」是每一個壽險業務員應該在客戶面前自信表現出來的原則。雖然我們所從事的是以銷售爲主的業務工作，但是並不代表我們的工作價值就矮人一截，如果一位壽險顧問和客戶相處時，表現出過分謙卑的態度，不但客戶無法了解壽險的專業，反而令他們覺得連你自己都看不起這份工作的價值。

在我入行初期，我完全沒有任何心態問題，因為我自覺所從事的是專業工作，因此在客戶前總是泰然自在。隨著入行時間日久，我深深覺得壽險顧問的地位其實可以和律師、醫師這類專業人士相提並論，但是造成一般大眾對壽險業抱有負面印象的部分原因，是同業看輕了自己所從事的這份工作；其中除了壽險從業人員沒有以專業自居的因素之外，我想，沒有以正確的態度和客戶互動也是原因之一。

很多壽險從業人員會因爲被客戶嚴詞拒絕或無故放鴿子，覺得不受尊重而沮喪不已，但是我認爲造成這種局面的因素在於對方的態度，而非我的力量所能控制，我所能做的就是繼續我的工作。有時，有些人在和我約定時間

如果一位壽險顧問和客戶相處時，表現出過分謙卑的態度，
不但客戶無法了解壽險的專業，
反而令他們覺得連你自己都看不起這份工作的價值。

的前一刻，才滿不在乎的打電話通知我取消今天的約會，遇到這種缺乏誠意的對象，我不會產生劇烈的情緒起伏，頂多就是趕快再去找下一位準保戶，因爲大量的拜訪，使得我不必糾纏某位客戶，一樣可以達到業績目標。

我心中認定客戶的壽險合約是一份長達十年、二十年的長期承諾，如果我的工作心態是扭曲不健全的，我將無法在這個行業長久生存，更遑論提供客戶長期的服務。所以我希望每一位同業都能在工作中享受到尊嚴、自信，如此才眞的是客戶之福啊！

保險的最大受益人

在大部分的時間裡，一般大眾會將壽險顧問對家庭、個人風險保障的關心提醒，視爲業務員爲提升業績的必然手法。不可否認地，的確有部分業務員是眞的完全從個人業績角度去說服客戶投保，但實在毋需一竿子打翻一船的人，因爲在看過許多因意外事故或身體病痛對一個家庭經濟產生劇烈影響的案例後，有很多優秀的壽險顧問是由衷而發、眞心地推廣保險的重要。

台北縣的原住民蔡先生，是在我早期壽險生涯時，即已向我購買壽險的一位保戶。從事體力勞動工作的蔡先生是家中的生計支柱，家中經濟收入並不高，在衡量過蔡先生一家的經濟狀況後，我爲蔡先生規畫了一張保費五萬多的保單，保障內容是以風險考量爲主的純保障保單。

壽險顧問總是比保戶本身更關心他自己的風險保障，
雖然當意外或疾病發生時，
真正承受風險危害的是保戶個人及其家庭。

蔡先生的保單是採月繳四千多元的方式付款，由於家中經濟狀況不太穩定，所以蔡家繳交保費的情況也是斷斷續續地，常常是經過我三催四請後，每個月的保費才趕在最後一天入帳，以免保險面臨停效。這種情況的發生頻率越來越高，有一次，蔡家又發生遲遲未交保費的情形，看著保單失效的日子越來越逼近，我撥了好幾通電話到蔡家，電話那頭的蔡太太也一如往常地滿口答應，強調她會提醒蔡先生趕緊繳納保費。

隔天就是停效的日期了，我還是不放棄地做最後一搏，因此在電話中和蔡太太約好晚上七點到蔡家拜訪。經過一整天在外業務拜訪的奔波往返，雖然疲倦不已，但我依約準時抵達蔡家，此時蔡太太爲難地告訴我，不巧蔡先生今天晚上還未回家，她抱歉似地招呼我說：「你先坐一會，我會趕快聯絡到老蔡，叫他順便拿錢回來。」

眼看時間一分一秒不停地流逝，一旁的蔡太太也無動於衷地忙著自己手邊的工作，並不急著繼續和蔡先生聯絡，看似一副事不關己的模樣，而我卻是為了即將停效的保單暗自焦急等待著。經過四個多小時的漫長等候，我心知肚明，打從一開始他們就沒有繳交保費的打算，今晚只想敷衍我了事。

將近晚上十二點鐘，我終於豎起白旗放棄，起身告別的同時，我向蔡太太做最後強調：「蔡太太，或許你們現在眞的不太方便去繳這筆保費，但是保險明天就失效了，今天晚上十二點開始，你們夫妻倆就沒有保險的保障了，為了家中的一對雙胞胎，以後你們夫妻倆千萬要多多注意身體的健康安全！」帶著無奈的心情，我踏出了蔡家的大門。

事隔兩個多禮拜，我接到一通自稱蔡先生同事的電話，對方以著急的語調告訴我：「黃先生，蔡某某出車禍受傷了，請你趕快到醫院幫他處理保險理賠的事情！」了解蔡先生的病情後，我語多無奈地表示，「不好意思，蔡先生自己應該很清楚，他的保單早在兩個多禮拜前就已經停效了，停效前一

雖然「以客戶為上」是業務員的首要認知，
但是每當遇到無心照顧家人日後生計的客戶時，
我仍會直接地告訴對方我心中的想法。

晚，我還在他家從七點等到十一點多才離開，現在保險公司根本無法理賠。」雖然我仍然帶著水果籃到醫院探視受傷的蔡先生，但看到陪伴在病榻旁的蔡太太，我也只能無言以對。

事後，我得知蔡先生這次的意外住院，前後花了十餘萬元的醫藥費。我不曉得他們心中是否曾經後悔沒有及早繳交五萬多元的保費，但我卻從這件事深刻體會到，壽險顧問總是比保戶本身更關心他自己的風險保障，雖然當意外或疾病發生時，眞正承受風險危害的是保戶個人及其家庭。

公司的很多同事，都知道我是一個會「兇保戶」的人。雖然「以客戶爲上」是業務員的首要認知，但是每當遇到無心照顧家人日後生計的客戶時，我仍會直接地告訴對方我心中的想法。就像一位醫生建議病患吃藥開刀，但是病患自己不願意配合，做醫生的也只能在一旁焦急地眼睜睜看著他的病情持續惡化。這種束手無策的心情，曾經在我的壽險工作中不斷地一再重複。

我認為維繫客戶最好的方法，就是提供即時的保險資訊給對方，但是部分的人總會認為我提供這些資訊不外乎是為了新的業績，不論我如何苦口婆心地解釋，告訴對方當風險發生時，眞正的受益人是他們摯愛的家人，他們仍固執己見地不肯改變想法。

被對方誤解是每一位壽險業務員都曾遇過的狀況，這種情形不只發生在未承保的客戶身上，有些已經購買保險的保戶仍會曲解我的一片善意。其實加保一份癌症險的數千元保費中，我只能拿到幾百元的佣金，然而為了向他們解釋癌症險的重要性，我可能花了幾個小時與他們溝通觀念，這對於現在每小時時間價值是四萬元的我而言，是很不符合經濟效益的作法。

但是我心裡再明白不過，不管對方接不接受我的建議，也不管他們心中對我的看法如何，對得起自己的良心才是我眞正最在乎的。

購買保險是一種轉帳行爲

每個人都不喜歡花錢買保險，一般人會以「沒錢」爲由拒絕買保險，而有錢的人士，則認爲自己藉由其他管道的投資收益較高，更不願意將錢放在收益低的保險投資上。如同一個硬幣有兩面，同樣的拒絕理由，一位優秀的壽險顧問必須引導客戶看到不同面向的事情角度，才能出奇制勝。

不同於一般保戶，大客戶承受風險的能力較大，壽險顧問以家庭風險保障的角度切入，實在不容易打動這些身家資產動輒上億的客戶。如何以新的角度讓他們感到保險的價值，就考驗著壽險顧問的功力。

因爲大客戶有能力負擔高額保費，他們對保險產品的需求和一般家庭並

在互動過程中，
我會不斷讓對方看到保險的特質，
而不是「保險」這兩個字。

不相同，期待保險產品爲他們財務環境帶來的益處也不一樣。大客戶對待金錢，通常以「能做有效率的運用」爲最大前提，所以他們心目中，只有百分之四到五低報酬的保險產品，實在不具多少吸引力。壽險顧問需要做的是以大客戶的角度，去重新定義保險的角色，所以更應該去選擇適合的保險產品來使他們的財務結構更加穩固。

在互動過程中，我會不斷讓對方看到保險的特質，而不是「保險」這兩個字。我會向客戶說明，在他們現有的投資組合中，已經有許多高風險、高報酬的產品，如果將小於十分之一的資產，轉到一項投資收益只有百分之四或五，但是卻能享有保證收益的商品上，從風險管理的角度來看，他們這樣的投資組合將是最理想的，而且將會大幅減低他們財務風險的波動。

我會進一步地向他們解釋，投資組合必須顧及三個特性：增值性、安全性以及流動性。如果他們將資金全部投入在股票、不動產的投資上，增值性雖高、但是安全性及流動性都不足。保險產品不但增加他們的財務安全，流動性也相當高，能避免個人財務發生「黑字倒閉」的危機（註：因爲現金流動性不夠，發生資產大於負債的倒閉情形，即稱爲黑字倒閉）。當他們急需現金時，保險所提供的資金挪用、應急周轉的功用就可派上用處。

此外我會引導他們深入思考，日後自己的離開會對家庭及企業產生哪些影響，並從中帶出保險產品在這方面可以提供的協助。例如，有買回保證的「股權贖回」（註：如果有三個人分別出一千萬成立一家企業，各得三分之一的股權，日後這家企業的淨值不論有何上下變動，其所屬股權皆有一定的保證價格，可以使風險大幅降低），可以讓家人在自己離開後獲得理想額度的經濟保障。

再者，我會試著讓對方了解，保險不是消費品而是一種金融商品，所以購買保險是一種轉帳行爲，既然是一種轉帳行爲，就意味著這是資金移轉的

我會試著讓大客戶了解，保險不是消費品而是一種金融商品，
所以購買保險是一種轉帳行為；
因為不是購買消費品，所以沒有貶值到零的風險。

動作，只是從銀行存帳的戶頭轉至另一個戶頭。這不是購買消費品，所以沒有貶值到零的風險，相反地，如果他們花錢購買一輛新車，不但連百分之四、五的獲利都沒有，車子的價值還會大幅縮水。

和大客戶談保險的說法極多，巧妙各有不同，但是多年下來我也有點感觸。聽完我的解說後，他們對我提出財務概念大多能接受，對於這些保險提供的價值也都能認同，但只要一聽到「保險」兩個字，他們往往下意識地抗拒。這種只接受保險的內容，卻無法接受保險這兩個字的情形，不只發生高額保擔保戶的身上，很多一般客戶也有同樣的情況。

當這種情形發生時，我也不感到沮喪，因爲我有自信，對方不採納我的想法將是他們的損失，而且好客戶還有很多，我會積極地再去尋找下一位可能的保戶。

創造三贏的財務座談會

三年多前，我看到許多國外壽險業的超級業務員，流行舉辦一種名為「客戶感謝日」（Client Appreciation Day）的聚會，邀請他們的保戶參加。舉辦這類聚會的目的，除了感謝保戶們這一年裡對他的支持，更希望能夠聽到保戶對他個人事業提供任何建議。另外，從各地四面八方匯集一堂的眾多保戶，也能在會中認識新朋友，進行交流。

當時我就想，如何能將這個模式引進國內，而在台灣進行又需要做哪些改變。考慮到自己不擅交際的個性，我決定運用長久以來在金融界累積的資源，舉辦座談會，邀請保戶來參加。座談會主題的設定都與投資理財相關，提供這些平日忙於工作或經營生意的保戶一個進修投資理財知識的管道。

厚植基礎後舉辦類似的研討會才有意義及效果，
否則就會像實力不夠的歌手，大張旗鼓舉辦演唱會，
不但吸引不了歌迷，還可能砸掉自己的招牌。

到今年七月中旬已是第四次舉辦財務座談會。事前的準備工作繁瑣，從大飯店的選訂、邀請帖的寄發，到敲定講師群的上課檔期，無不耗費人力、時間。但是這樣耗力費時的研討會，因爲出席保戶的高度評價，而達到保戶、講師及我個人的三贏局面。

保戶不僅充實了投資理財的相關知識，這樣的聚會場合，也提供了這些保戶拓展人脈、和同業交流的機會。尤其是我這幾年鎖定高科技產業人士爲主要客群後，保戶的同質性更高，彼此間可以深談的話題也更多了。對授課的講師而言，他們在台上傳授專業知識之餘，和這些保戶之間的互動，也讓他們回到工作崗位時更加得心應手，甚至有助於日後工作業務的拓展。

很多保戶喜歡這樣的聚會，有些客戶是夫妻攜手同來，甚至一再參加，客戶對我的滿意度自然增加，保單持續率也不斷提高，參加過座談會後，有些客戶還會自動轉介其他客戶給我。

雖然舉辦類似的財務研討會有很多好處，但是我並不主張同業隨意舉辦，厚植自己的實力後，舉辦類似的研討會才會帶來意義及效果。

一位沒有知名度，歌唱實力不夠的小歌手，剛出道就大張旗鼓地宣佈要舉辦一個演唱會，不但吸引不了多少歌迷入場聆聽，如果現場演唱的火候不夠，還可能砸掉自己的招牌。倒不如先好好磨練歌唱技巧，栽培自己成爲具有實力的知名歌手後，不但能夠號召到更多歌迷擁護，在唱片公司及協辦單位所提供的專業指導下，演唱會成功進行的機率也大大增加，賓主盡歡。

舉辦財務研討會也就類似這樣的狀況，如果自己的實力基礎尚未建立，如何能吸引優秀的講師一起合作，又如何邀請到保戶來參加？就算講師、保戶齊聚一堂，你卻無法掌握現場的氣氛，讓來賓白花了時間卻不歡而散，不但達不到預期效果，反而造成更多負面影響。因此建議有心於此的同業朋友們，應先花心思將自己準備好，事情才會水到渠成，發揮最好的效果。

推薦介紹來自客戶的信任

當我在一九九九年下半年，力圖轉型的那半年時間裡，我總共拜訪了五十位客戶，雖然前面四十餘位的客戶一一拒絕了我，但是他們依然爲我開拓了下一步的進步空間。

當時我的經驗與專業仍未臻成熟，所以無法立即打動他們，但是我一步步地充實、反省自己，雖然在他們心目中，我的表現仍不夠好，但是他們已經感受到我和一般推銷保單的業務員有所不同：我的作事態度認眞、所關注的專業層面更廣且深，所以當我提出希望他們能爲我推薦幾位適合人選的請求時，即使他們始終未成爲我的保戶，但是對我已經產生高度信任感的他們也欣然同意。

向客戶要求轉介紹名單的這一個簡單動作背後，
意味著你在過程中付出的每一分努力，
都獲得了對方的肯定。

獲得推薦名單的關鍵有二：你提出的內容或產品對客戶有其意義，以及讓客戶喜歡你。前者端靠你平日的實力累積及是否擁有以客戶角度思考的心態，但後者就是在你和客戶的互動過程中，由你的行事風格一點一滴地沉澱下來的印象。

客戶之所以願意將朋友推薦給你，不在於你做出了「要」名單的這個動作，而是你和他們相處時，每一次都令他們留下好的印象；前面不斷累積的好印象才是你能夠踏進下一位客戶大門的敲門磚。我對自己的專業及道德有高度期許，所以我從來不擔心客戶不願意提供我推薦名單，我更有自信能夠爲他們所介紹的朋友做到高品質的專業服務，讓之前推薦我的客戶不但安心更有信心，這樣的良性循環爲我帶來源源不絕的客戶。

每次和保戶的會面即將結束時，我會習慣性地問對方，目前是否有適合的朋友也需要這樣的服務。大部分的客戶都會隨口回答：「我現在還沒想到什麼人，下次我想到再告訴你。」聽到這種預料之中的答案，我也不願讓對方感受到過分壓力，所以不會再進一步地強求對方，留待下次的機會。

下一次又遇見對方時，我會在自然的情況下重提此事，「張先生，上次向你提過，不知道現在你身邊是否有朋友遇到了這些問題，我也可以提供他們類似的服務。」部分有心的客戶眞的會準備好一些名單，但許多事務繁忙的客戶通常會忘了這件事，不過我還是抱持著不疾不徐的從容態度。幾次下來，部分客戶或許不會主動想起，但是已經在他們心中建立一些印象，當他們身旁的朋友有相關的需求時，他們腦海中第一個浮起的名字就是黃志明。

你在工作中所展現的積極態度及一致原則，是他人能夠信任你的媒介，而信任感的建立是逐步累積的，最後「開口要」的動作只是一個提示，當客戶不願意為你推薦他們的朋友時，不需埋怨客戶不通情理，或是去學更多要求轉介紹的話術，應該自我檢討，究竟自己的哪些行為舉止無法令對方產生

除了希望藉著口耳相傳的口碑招徠客戶外，
你更應該期許自己成為壽險業中的PRADA與香奈兒，
以第一流的服務品質形成市場區隔。

信任感。

今天你在一家服務好的川菜館裡，嘗到了美味道地的菜餚，心滿意足地走出餐館，下次當朋友想要上川菜館子打打牙祭時，你一定會向他推薦這家令你回味再三的餐廳，好東西願意和好朋友分享是人之常情，問題在於你是否能夠提供令人印象深刻的好東西。

除了希望藉著口耳相傳的口碑招徠客戶外，你更應該期許自己成爲壽險業中的PRADA與香奈兒，以第一流的服務品質形成市場區隔，當客戶希望得到最頂級的服務時，除了你不做他想，主動前來，指定非你不可，客戶也能夠因爲你專業服務的相得益彰而身價倍增。

夠專業就不怕客戶被搶

目前包括兼職的業務員在內，大約有超過二十萬的業務代表，正在台灣的壽險市場競爭廝殺、一較高下，因此業務員之間的客戶市場難免有所重疊，因此「誰搶誰客戶」的傳言聲也就不曾斷過。但我覺得當大家在批評誰在「搶客戶」之前，有些觀念應該重新審視，才能看清所謂「搶客戶」這個動作背後更深層的意涵。

如同我之前所述，當初在我轉型之際，曾經遞送出五十份保險建議書，但是最後只成交了三張保單，在這幾年之間，我不曾回過頭再去找他們。很多人聽到這段往事都好奇地問我，以我現在的功力與專業，若重新向他們接洽，簽下保單一定如囊中取物般的簡單，我爲何放著這塊大餅不吃？

面對他們的疑問，我都是笑笑地回答：「這早就不是我現階段的目標族群，所以根本毋需花時間在這裡。」因爲我早已脫離了爲提高業績，對客戶大小通吃、一網打盡的階段，也因爲我抓到自己的利基市場，知道自己的特質及所長在哪一塊領域能獲得最好的發揮以及最高的報酬。

那些客戶中，應該有許多人已經向其他壽險業務員購買了保險。我不會因此批評那些業務員搶了我的客戶，因爲一位能夠帶給客戶眞正所需的業務員，才能被稱作最「適合」的壽險顧問，以我現在的時間分配及作業方式，或許未能稱得上是眞正適合他們的人選。對客戶而言，選擇一位最適合的壽險顧問，才能享有最佳的服務品質。壽險顧問在極力拓展市場的同時，也應該清楚自己的定位何在。當我們因心肌梗塞，而需要做心臟導管手術時，絕對不會去找一位眼科醫生來執刀，因爲我們知道就算這位眼科醫生再優秀傑出，也無法勝任心臟開刀的工作。

壽險顧問正如同一位專科的醫師，不要奢望自己能夠一手包辦所有的科別，這無疑是浪費時間的行爲，一位無法學有專精的壽險顧問，又怎能提供客戶眞正專業的服務呢？一位主力在一般家庭保障規畫的壽險顧問，如果碰上客戶有千萬元以上的財務規畫需要保險產品的配合，他應該轉介這位客戶去找一位擅長於此項財務規畫的壽險顧問，至於業績可由兩方再協商分配，但是大部分的人遇到這種情況時，並沒有仔細衡量自己的實力與利基市場，只是想獨佔所有的利潤，反而更容易弄巧成拙。

一位眼科醫師需要的是在眼科疾病的專業下苦工，以成爲眼科的第一把交椅爲目標，在這個行業建立頂尖卓越的聲譽後，當有眼疾的病患眞正有治療需求時，他們心中的第一人選自然是你，不做他想。醫術次一等的醫師就算降價以求，病患仍然毫無所動，因爲每個人都希望獲得最好的醫療品質，而他們只信賴你的專業。你在眼科領域建立的專業形象，就是最好的市場區隔及廣告行銷，這個領域的其他同業搶不了你的客戶，而你也毋需花費時間

在自己的領域建立的專業形象，就是最好的市場區隔及廣告行銷，
同領域的其他業務搶不了你的人，
而你也毋需花費時間去拉攏其他領域的客戶。

去拉攏其他科別的病患。

我心裡很明白，我的利基市場是在高科技業與金融界人士，如果要介入同樣屬於高收入的醫師族群，必須要花相當長的時間去轉化我的專業知識，了解他們的語言後，才能獲得等同於我現在的成就。這塊市場看似可口易食，但我必須花更多的時間與精力才能消化吸收，對我而言，這是極爲吃力不討好的差事，因此對於這類的邀約，我都採敬謝不敏的態度。

還記得電視節目中曾經報導過，有位開牛肉麵店的老闆，每天的銷售量只限一百碗，但每一碗都是價值五百元以上的精品。這種限量精緻路線是我所追求的下一個目標，我期待有一天，我也能限定一年只接受十位客戶，然後全心全意地爲這十位客戶訂制最頂級的顧問服務，現在，我正一步一步地朝這個夢想努力前進。

師徒制造就壽險新星

目前各家壽險公司由一位主管帶領旗下數位業務員的組織制度，其實並不是我心目中的理想模式。尤其是在台灣壽險市場中，主管身上必須擔負不斷招募新人責任額的現行制度，使得目前市場上充斥著許多專業不夠或經驗不足的壽險新人，對這個行業的認知或訓練都還不夠深入的同時，他們卻得立即披掛上陣，在外摔得鼻青臉腫事小，更大的損失是新人夭折陣亡退出。這樣居高不下的人才折損率對保戶的權益、對整個業界的形象都是扣分。

我理想中的人才培育模式應是「師徒制」，藉由一位眼光正確、專業經驗深厚的師傅來帶領教誨，才能將這個行業中的心法、訣竅完整地傳授給有心於此、虛心受教的徒弟們，壽險業中爲人所詬病的形象及專業服務問題，

壽險業是一個與人高度相關的行業，
人際相處的敏銳度、專業服務的適切性、工作道德等，
都不是訓練幾堂課，或者公司做海報、呼口號就能徹底教育改變的。

也會有轉圜改善的機會。

壽險業是一個與人高度相關的行業，人際相處的敏銳度、專業服務的適切性、工作道德等，都不是訓練幾堂課，或者公司做海報、呼口號就能徹底教育改變的；不斷和客戶相處、實際去做才是最有效率的學習方式。但是問題就出在這個思考死角：「做」難道就是意味著將經驗不足的新人趕鴨上架似地推上第一線戰場嗎？當你知道眼前這位司機才剛考到駕照，你願意搭乘他所駕駛的計程車嗎？你能夠完全相信他的駕駛技術嗎？或許他是你的親朋好友，所以你勉強捧場上車，但你心裡仍難免會犯些嘀咕或忐忑不安吧？

沒有專業背景的新人，只能訴諸人情從自己的人脈關係下手。在感情基礎上做買賣，是每個人打從心裡都不願意的事，當新人面對朋友幾次「利用感情」的質疑後，不僅業務員自己心裡的疙瘩越滾越大，外界不諒解的有色眼光也會越來越重，壽險業會更難吸引到眞正的有心人前來投效。

我憑著自己的堅毅與努力，安然度過了新人的青澀期，但是我深刻感受到，新人在這個行業生存的苦楚心酸，就像是溯溪而上的鮭魚，除了要避免在河畔虎視眈眈的大熊與低空盤旋不已的鳥群外，還要奮力對抗周圍溪水逆流的阻力。資深業務員有深厚的經驗及資源基礎，但卻苦於沒有時間或體力去照顧原有的客戶群，相對地，欠缺經驗與資源的新人，正可以彌補這部分的不足。所以，如果能結合兩者，對雙方而言都有加乘作用。

以我親身經驗爲例，台中是在我起步時對我助益甚大的一塊市場，但是隨著我發展重心逐漸移往北部後，當地許多舊保戶雖然轉介了不少名單給我，希望我去洽談，但是顧及到日後服務受時間、空間的侷限太大，所以我一一婉拒了，這就是「資源無法被活化」的困處，如果我身邊跟著幾位徒弟，我就可以把這些以往辛苦累積的資源轉化到這些新手身上。

這些徒弟不需要在一開始就肩負業績壓力，而是跟在師父身邊，從旁觀察師父的銷售方式、人際互動、客戶售後服務等作業模式，甚至在第一年內，只專心負責全力支援師父的後續保戶服務、理賠手續及年度保單定期檢視等，在藉由保戶服務的過程中，去親身體驗客戶在乎什麼，以及壽險保障更深層的涵義，並熟悉壽險銷售的後勤系統支援，其中包括了公司核保、理賠單位，以及醫院健檢單位等等。

從保戶服務或是師父的轉介客戶開始練習，讓新人在較和緩的環境中學習上手的同時，他們也能逐漸做好專業及心理上的準備，如果有保戶轉介其他人投保，對他們而言，更是很好的學習機會去累積信心與熟悉技巧，才不會在一開始就遍體鱗傷。對師父而言，不會因爲客戶數量逐漸增多，瓜分了時間及體力，而使得他的服務品質有所影響，對保戶的承諾有所變質。對保戶來說，更是一大福音，因爲他們可以享受到更好的服務品質。這種多贏的局面當然也會對壽險公司有所益處，因爲滿意度提高的舊保戶，不但會轉介其他更多保戶來投保，本身的續保率也會提高，以往新人跑了後，保單也跟著消失的情況也會大幅減少，培訓資源不再白白浪費。

當然在這樣的制度下，每一方都需要一些條件配合及制度的改變。一位有長遠看法、正確價值觀的好師父，除了本身要有豐富業務經驗外，還要有傾囊相授的無私心。身為徒弟的新人切忌急躁，應該隨時虛心學習觀察，打好基礎功。

壽險公司更應該從考核制度及人才招募方式兩個方面著手。壽險公司應該改變主管的評分標準，將現行一年必須徵員多少的額度更換為整個團隊的績效評分，鼓勵有業務經驗的師父帶領幾個徒弟一起為團體榮譽而打拚。評分標準也不應只用業績數字來衡量，而該含括了業務品質、客戶持續比率、客戶年齡對應的保額大小等等發展指標。壽險公司可以將心思放在如何找到優秀的業務人才，並指派給適合的師父來指導，這樣的作法不僅節省時間、金錢，人才及保單存續率提高的同時，壽險公司的營運體質也會更加穩健。

一位有長遠看法、正確價值觀的好師父，
除了本身要有豐富業務底子外，
還要有傾囊相授的無私心。

我在竹科園區常會遇見資深業務員搭配新人的團隊，雖然這多少也達到了經驗傳承的效用，但是這樣的團隊運作方式通常不會持續太久，其中很大的原因在於利益如何妥善分配。一開始簽訂的合約，佣金比率分攤不難敲定，但日後從同一位客戶衍生出的轉介保單要如何分配，才能讓雙方合作滿意心無間隙？對於客戶而言，你們兩人已是一體的單位，下次當你向客戶要求轉介名單時，對方很可能告訴你，前一刻已經將名單給了另一人，你心裡會不會產生芥蒂？這種導致合作破局的微妙心結，來自於兩方都有業績壓力，如果公司採用小團體評量的方式，不以個人來作爲業績衡量單位，這些心結自然會消失，才會有一加一大於二的效果產生。

不同的制度產生不同的後果效用，而不同的制度又源於不同的思考模式，所以期盼壽險界推行師徒制的那一日早點來臨，那表示壽險業眞正轉型的時機已來到。

北極熊與鱷魚的戰爭

當年的順利轉型延續了我的壽險生涯，正因如此，我能夠將有限的時間及體力做更有效率的規畫使用，提升了事業的成功品質，但是我擔心許多同業被轉型的各種迷思絆亂了步伐，原本在壽險這條路上穩健的腳步卻因為轉型而導致踉蹌跛行。

許多業務主管安慰旗下的業務員說：「保險是一份很長遠的事業，慢慢做沒關係，不用急於一時。」我也認為壽險業的路途的確是一條漫長的道路，但是對於上面這句話的後半段，我卻持有不同的想法。

在一般公司上班時，如果自己的工作狀態一時不好，公司或主管不會立轉型並不是一蹴可及的，而是循序漸進、自然發生的過程，隨著你解決問題的能力改變，你鎖定的客戶群自然會不同，收入也隨之大幅提升。

即看出你的績效減退，但是壽險業是一個極爲現實的行業，每一個月的業績數字都像是一面照妖鏡，清楚呈現了你在這個月內付出了幾許的努力，任何一絲的懈怠都無所遁形，不但無法事後補救，也沒有人可以幫你分擔這樣的業績壓力，這種優勝劣敗立即分出高下的性質，也讓許多人無法承受自願退出，正因爲如此，所以壽險顧問需要快速往前踏出每一個步伐。

但在快速前進的同時，卻又不能忽略了未來的長期規畫，一個個完善的中長期目標像是壽險生涯上的一座座路標，不但導引出未來的努力方向，更能撫平你一路上所受到的挫折之痛。如果沒有長遠的方向設立，壽險顧問容易埋首於解決眼前層出不窮的各種問題，導致筋疲力竭，但展望未來又是茫茫一片的迷惘，心靈的空虛加添了惶然不安的情緒，於是開始質疑自己仍要繼續走下去。

我以過來人經驗提出的忠告就是：每一個當下都要努力，並不斷思索

三、五年後的願景何在。我在每一個階段都投入許多努力，所以當我邁進轉型這個階段時，我以往建立的豐富經驗及扎實的工作習慣，提供了我轉型時所需的營養沃土。

許多入行不久的同業，就已經打算要轉型，轉向高額保單的開發。轉型意謂在一個成型上轉向另一個更好的型態，這裡包含的不只是技巧的轉換，也是知識觀念的轉化，更是心理層面的趨於成熟化。但是許多新人連自己的基礎型都還未摸清楚，就操之過急地跳躍追求更高層次的挑戰難度，結果跌得粉身碎骨的機會也大大增加。

做一般客戶的業務開發像是打籃球，不斷投進籃網的球數，兩分兩分地累積出最後輸贏球的勝負之別，但是高額保單的開發就像在足球場上奔馳，必須場上的前鋒、中場、後衛及守門員做天衣無縫的完美配合，再搭配教練的策略規畫，才能臨門一腳踢進珍貴的一球，這入網不易的一球可能就是關

我從中體會到「堅持」必須用在合適的目標族群，
當你感覺到付出相同的努力卻收到事倍功半的效果時，
就該反省是否繼續這塊市場的經營。

鍵決勝負的一分。價値連城的這一球使得勝者歡天喜地，輸家懊惱喪氣。

成交一張高額保單不易，但成交後的高額報酬令許多人躍躍欲試，但是一張高額保單背後的付出與努力卻是需要長時間的佈局與練習，這些都需要條件的配合。以我自己爲例，當我在轉型的那半年間，業績收入銳減，當時因爲有以往打下的客戶基礎及經濟實力做後盾，加上無家庭負擔，所以我可以無後顧之憂地衝刺，安然度過那段業績青黃不接的尷尬時期。

還有一個常見的轉型迷思，也值得大家去思考：轉型並不是一蹴可及的，而是循序漸進、自然發生的一個過程，隨著你解決問題的能力改變，你鎖定的客戶群自然會有所不同，你的收入也會隨之大幅提升。

當我「撿」到那張六千萬的保單時，我知道自己的實力還不夠深厚，雖然決定踏上轉型之途，但並不是立刻雙手一攤，宣佈就此放棄原有的客戶，馬上轉向新的市場群，而是我在如常的每週作業量下，儘量抽出一天的時間去充實專業知識。會計、稅法、法律等等許多課程都在我的學習範圍內，一年後，當我相關的知識實力儲備得差不多了，知道該是上陣磨練實務經驗的時候，才暫停下一般客戶的開發工作，全力拓展新的客戶群。

我曾經在課堂上聽到一段謎語，深有所感。謎題內容問，如果一頭北極熊和一尾鱷魚打起架來，哪一方的勝算較大？這個謎底是「不一定！得看他們在哪裡打，如果打架地點是在水塘泥沼裡，自然鱷魚的贏面遠大於北極熊，反之北極熊獲勝的機率大增。」

這段謎題的答案讓我聯想到，每一位業務員身上擁有的資源不盡相同，所以擅長的戰場也應該有所區隔。近來許多人都鎖定新竹科學園區的高科技人士爲目標群，希望能打進這塊市場，對於這種一窩蜂的現象，我不置可否，因爲我覺得抄襲別人的市場，捨棄自己擅長的市場是相當可惜的舉動。

回想我自己打入這塊高科技市場之前，並沒有設定這塊領域就是自己的利基市場，只是幾次因緣際會的情況下，和這些從工程師起家的科技業主管聊天的過程裡，發現彼此交談的感覺非常契合，觀念很接近，話題也連續不斷。我也感受到這群客戶非常能夠接受我所提出的財務建議，我的理念也能向對方清楚表達，所以我在很自然的情況下走進這個圈子，而這些客戶日後和我之間也維持著朋友一般的互動，我給予他們財務上的專業建議，他們帶給我業界的資訊知識，彼此交流互益良多。後來我才想到這或許是因爲我之前大同工學院的背景，以及政大企管所的學習經歷，使我的邏輯思考模式和這些具理工背景的經營主管非常接近，因此彼此的想法能夠一拍即合。

我從中體會到「堅持」必須用在合適的目標族群，當你感覺到付出相同的努力卻收到事倍功半的效果時，就該反省是否繼續這塊市場的經營，或者再去尋找另一個適合自己的方向，當你在對的族群時，你能夠感受到自己的表達與理念能夠輕易被接受，反之你就該重新思考。每一位頂尖業務員的成功之道或許可以爲你點出一些新的方向，但請記住他們都是妥善利用自己與眾不同的資源才能獲得極大的成功。

頂尖業務員的品牌經營

在躋身所謂的Top Sales之列後，深感一般人對於Top Sales有一些不正確的既定印象。他們固然不乏金錢、榮譽、知名度，但在這些表面現象的背後，其實有著更深刻的思考。

外界對於擁有高收入的Top Sales存在的常見誤解有很多，其中「口才很好」、「人際關係很強」、「功利主義」、「只重視大客戶，不管小客戶」、「業務員的工作能做一輩子嗎？」等幾項偏見是最常出現的。「業務嘴、花蕊蕊」是常見的一句台灣俚語，就是用來形容業務員利用能言善道的口才，往往將事情說得天花亂墜，所以一般印象中，對於業務員說話的誠信度總是要打個幾分折扣。

真正成功厲害的業務員，所說的話很少，
因為他們總是在聽，總在思考客戶在乎什麼，
如何以最好的方式將適合產品呈現給對方。

我總喜歡對外強調：「眞正成功的業務員，所說的話很少，因爲他們總是在『聽』。」聽到我這番話的人，常很訝異地問：「聽什麼呢？」其實，Top Sales在拜訪客戶時，不會大費唇舌地吹捧自己的東西，反而是將大部分的時間留給客戶說話，當他傾聽對方說話時，除了了解觀察對方眞正的需求外，也思考客戶在乎什麼，如何以最好的方式將適合產品呈現出來。

但喜歡滔滔不絕的業務員總習慣將自己的想法、產品，強烈灌輸進客戶心中，這種近乎「洗腦式」的銷售方式，只是業務員單方面一廂情願的作法，即使客戶一時間被打動說服了，若事後產品不合眞正所需，還是會起後悔之心，如此一來，這位客戶就只能成交一次，沒有下次機會了。

眞正的口才是能夠從客戶的角度，以清晰講理的方式告訴客戶，產品對他的價値何在。沒有令人備感壓迫的長篇大論，留一些空白時間給客戶完整思考，以免事後客戶反悔或不滿，反倒招致更牽扯不清的後患。

大家也以爲每天和人群打交道的Top Sales一定很熱衷社交活動，也花費許多時間在人脈經營上，人際關係技巧一定很好。但是我就是一個例外，因爲我深信，一位心臟科權威醫生，每天大部分的時間並非花在與人際周旋上，而是投身於專業研究，或是大量累積臨床經驗，當他的專業權威建立後，口碑自然會聲名遠播。相同的道理，正如我一再強調的觀念，壽險顧問的工作價值存在於提供適合、確實的服務，其他的捷徑或旁門左道，或許能成功一時，卻難以維持一世。

業務員都很功利嗎？只想做大客戶的案子嗎？幾年前，當我正力圖轉型之際，曾經爲了客戶群的轉換，和我的同事梁史恆有了一段爭執。她主張我應該繼續堅守小額保單客戶的路線，畢竟這些家無巨產的家庭，一旦遭遇變故時，所受到的經濟影響會更嚴重。

但是我以堅定的口吻告訴他：「我不做一般客戶的案子，並不代表我是功利主義，只是我現在決定要轉換市場。以前我賣小籠包，現在我想改賣牛肉麵，或許未來我還會去賣魚翅。」「目前台灣的壽險市場裡，有百分之九十的業務員都在經營一般客戶，但是高額保單卻很少人在照顧。我只是選擇一塊更適合我的利基市場，因爲我的學經歷可以在這塊市場發揮得更好。」另一方面，現階段除了工作外，家庭生活及健康身體，都是我目前想要追求的，我選擇的這個市場不但能讓我的專業素養有更大的發揮空間，而且也有多餘的時間讓我選擇想要的生活方式。

雖然幾年前，我已經轉型爲以銷售高額保單爲主，但是對於所有後續的保戶服務，我一視同仁，因爲不論保額大小，他們對我所託付的承諾期待一樣深厚。許多在我入行前三年間，購買一般保單的保戶，依然享受到一樣的重視與服務。前一陣子，一位家住桃園的保戶腳部燒燙傷，接受醫院治療，聽到消息後，我也在保戶出院的第一天，親自開著車直奔桃園，表達慰問之情，事後又開著車趕回台北，前後總共花了我六、七個小時，雖然疲累，但這就是我的責任、我的承諾，而這個承諾在保戶簽名的時候，就會持續二十年，直至保單約滿。

業務員的生涯有很多不同層次的境界，起初金錢物質的驅動力很大，但是隨著經驗累積越久，入行時的動力及憧憬也會漸漸磨蝕掉，所以不論是哪一個行業的業務員，都必須爲自己做好生涯規畫，不斷訂立更高層次的目標，不能任憑公司的制度來規畫你的生涯。例如：一位汽車銷售員若只把自己未來的工作目標訂定在一個展示間的主管或經理，這就是典型的以公司制度來作爲生涯規畫，這樣一來，個人的工作層次便受到侷限而無法提升。

如果你今天是TOYOTA的汽車銷售員，或許你的下一個目標就是去銷售賓士車，或者從推銷高級車的過程中去結識你想認識的客群，並從中發展下一步的生涯機會，這才是爲你自己量身訂做的生涯目標。業務工作的層次與機會有許多，關鍵在於從事的人們是否能清楚認知。很多壽險從業人員不認當一位壽險業務員將自己的事業當作一個獨立企業看待時，他會格外重視自己的「品牌」：不論是道德標準或工作績效，他們的表現會遠甚於公司要求的標準。

爲業務工作能繼續做一輩子，所以追求處經理的職銜成爲他們在這一行業立定的生涯目標，但隨著我在業務工作上的逐步成功，我反而更加認定這是一份可長遠的事業，重點在於個人是否清楚知道生涯目標爲何。

在國外很多聞名國際的Top Sales的身上，你已無從感覺到他是從壽險銷售工作起家，到了那樣的境界時，已經不能將業務員一詞套用在他們身上，因爲他們將壽險事業當作是自己的企業在經營，層面既廣且深，這種獨立企業家的氣度早已遠遠超越業務員爲業績打拚的層次。

當一位壽險業務員將自己的事業當作是一個獨立企業看待時，他會格外重視自己的「品牌」，因爲他們很清楚，個人名聲的建立遠遠超過所屬壽險公司的聲譽，所以毋需公司的敦促把關，不論在道德標準，或是工作績效態度，他們會表現出遠甚於公司要求的超高標準。因此到了這個階段，保險公司也應該用一種協助獨立企業運作的方式來看待這些Top Sales。

所有從事業務工作的人都應該清楚，業務目標只是一個過程而非目的，業績是爲了讓你完成所求的一種工具，不能爲求業績而惘顧客戶的權益。我知道有些業務員爲了達到件數目標量，所以寧願犧牲了客戶權益，將原本是一張主約的保單拆成兩張主約，如此一來，業務員成全了自己，而客戶卻因此損失了更多錢。有時候，我也會拆件，但是前提是爲了客戶的權益而且保費絕對沒有受到一絲一毫的影響波及。前者的業務員就是錯將業績目標當成目的，使得價值判斷上發生偏差。

擁有財富只是一個過程或是一種道具，藉由它，你可以追求眞正想要過的生活品質。除了物質外，我更想要追求心靈上的自在，所以我不會犧牲客戶的任何權益，去完成我的物質目標、業績目標，這是我在工作上的第一堅持，決不妥協。

壽險公司和業務員不是從屬關係

目前一般壽險公司在人力資源遇到的窘境，不外乎是人才素養無法提升以及吸引不到更多優秀人才加入兩大問題。

金融控股法已經通過，未來各家金融公司加入戰局後，壽險公司必須創造更多利基元素，才能在這場混戰中脫穎而出，提升業務員的素質成了必然的作法。但是提升業務員素質的前提是，公司提供良好的制度及各種發展管道，使得不同的人才進入公司後，能擁有適才適性的生涯規畫，才不會被單一的僵硬制度綁手綁腳，阻礙了更好的發展。

未來的趨勢是任何的金融機構都要提供客戶各種金融商品，包括有保

以業務人才為主體的壽險公司在激烈競爭中，
對於人才培育應有更深刻的考量，做清楚的市場定位，
走得長久穩健，對保戶的承諾才能夠實現。

險、基金、股票、期貨及各式新金融商品等等。這意味著未來壽險公司要面

對的不只是同業敵手，更是所有的金融機構，在這股潮流下，保險公司必須

提供旗下業務員更多元的教育訓練，以及更彈性的作業空間。

多年下來，我深深感覺到其實有些同業並不適合賣保險，而或許很適合

銷售基金，但是目前各家壽險公司對業績的標準衡量仍是統一以保險範圍為

主，所以，有不同銷售才能的人才自然無法在這種一致化的環境下生存的很

好。但隨著金融百貨時代的來臨，如果壽險公司能夠將業績衡量標準重新做

一番調整，這不但是業務員們的福音，對提升壽險公司在金融市場的競爭力

也更有助益。

一位做基金一百分卻在保險領域得零分的業務員，應該得到壽險公司一

樣的重視，壽險公司應該看重的是業務員最後交出的一百萬業績，而非硬性

規定壽險在這一百萬中的業績中應該佔多少的比率才算過關。

這很類似大學院校提供學生多元入學管道，文學院、法學院、理工學院的學生所需要的師資、課程都不一樣，更不能用同一種考題來測驗學生的能力高低，這不僅不公平，更抹煞了不同天賦的學生的潛質，這種人才的損耗不是因爲入學的學生素質不好，問題根源出在不適合的教學方法及能力評量模式。相同地，壽險公司應該做的是，對於適合銷售不同產品的人才，適才適性地給予相關訓練與後勤支援。其中牽涉到壽險公司的定位，是希望成爲像麻省理工學院那樣，以專門科爲重點的學校，或者是各科並重的綜合大學。定位不清，作法自然無法明確有效，如何能吸引到眞正適合的人才呢？

壽險公司在看待旗下的業務員時，經常犯了以下兩個錯誤：以直銷的角度看待業務員，以及忽略了資深人才。

壽險公司應該以和經銷商合作的角度，提供業務員所需的協助支援，兩者之間是一種立場對等的互動模式，而非上對下的從屬關係，許多壽險公司的高層口口聲聲以「老闆」稱呼業務員，但在制度層面上，卻以多重限制來侷限業務員的生涯發展。與其訂立一些消極的考核制度，諸如件數限制、出勤考核等，不如將心思花在如何眞正激發出業務員將壽險工作當成自己事業，全力發展的創業精神等積極性的作法。

尤其壽險公司爲了要衝刺高業績目標，所採取的作法不外乎是訂立各式競爭辦法，或是邀請一些業績表現傑出的人，對業務員做激勵分享、精神喊話等等，這是因爲公司高層沒有眞正看清問題本質，所以才會採取這些見樹不見林的方法以求改善。

通常在短期競賽中表現傑出的業務員，大多是剛踏進壽險業未久的新人，擁有高度熱情、沒有舊客戶的服務羈絆，所以表現一鳴驚人的人不在少數，但是對大部分的資深業務員而言，在歷經多年征戰後，面對龐大的客戶負擔，顯露疲態自是難以避免的。

看到台上新人神采飛揚地分享成功經驗，台下的資深業務員仍無動於衷的原因不是因爲心情麻痺，而是這些激勵分享或優厚的競賽獎勵，都不切合身處這個階段的業務員們實際所需。當壽險公司將注意力及資源放在爆發力十足的新人身上時，卻忽略了這群光亮耀眼的新星有很多是一閃即逝的天際流星。這些新手的傲人成績是否足以形成長久的業務價值及體系，值得壽險公司的經營高層再三深思。

每一位新人進入壽險業之際，都像是一位剛誕生的新生兒，身爲母親的壽險公司應在一開始便灌輸以積極的創業精神，而不是用許多限制及處罰標準來壓抑了新人的發展空間及獨立精神。對於這些擁有四、五年經驗的資深業務員，則應該了解他們其實穩定力十足，只是彈性有些疲乏，所以應該要針對他們現階段的需求來提出因應之道，這才會是有效的根本解決方法。

壽險業的未來

幾次去國外參與MDRT大會的經驗中，看到國外壽險業的發展歷程，我深深感受到台灣壽險業未來的發展空間仍無限遠大。

經過百餘年的發展，國外壽險業歷經多次蛻變後，已經逐漸找到自己的定位方向，壽險公司不再以規模大小爲競爭點，反而更強調單純的訴求。在一般大眾心中，成功壽險顧問也已經擺脫了純保單銷售的刻板印象，進而成爲提供理財專業的財務顧問之一。此外，壽險公司和壽險顧問之間的合作關係也有了大幅度的變化，從上下從屬轉變爲平等互賴，對兩方而言都稱得上是雙贏局面。

> 壽險公司和壽險顧問之間的合作關係
> 如果能從上下從屬轉為平等互賴，
> 對兩方來說都稱得上是雙贏局面。

國外壽險業的發展過程大致可分爲下列三個階段：Agent（業務員）、Broker（經紀人）、Producer Group（顧問團）。在這三個不同階段裡，壽險顧問的角色定位愈趨於理財專業化，提供給客戶的服務和產品也有了與以往不同的層級面貌。

國內壽險業目前的發展位置仍處於第一階段Agent：壽險公司推出各式保險產品後，交由旗下的壽險顧問負責銷售保單，保戶仍歸屬於單一公司的服務範圍內，而壽險顧問的收入來源來自於保單銷售的佣金收入，壽險顧問的工作內容僅侷限於單一公司的保單銷售，自然難以在專業及服務上有進一步提升。

到了第二個階段Broker，壽險顧問已經跳脫出單一產品及公司的框限，他們可以爲客戶量身打造一套適合的金融產品組合，其中涵括了共同基金、債券、保險等等金融商品，此時壽險顧問已不再隸屬於某一家公司，而是擷取各家金融服務公司的優點來做各種搭配組合，因此客戶自然也享有各家公司提供不同的服務。

目前國內行之有年的保險經紀人制度並不符合此階段的定義，因爲國內的保險經紀人只是侷限於銷售各家壽險公司的保單，並沒有進一步做其他金融商品的服務。而且保單銷售後，客戶的後續服務仍在不同壽險公司的轄下，因此可以說，客戶仍是跟著公司走。

正因爲壽險顧問不再附屬在單一公司下，所以在這個階段裡，壽險公司的角色從原本以保單業務銷售爲主，轉爲更專注於產品開發，所以他們可以裁撤許多與行銷業務相關的部門，例如，行銷（Marketing）、業務推廣（Sales Promotion），甚至是各個營業處等等，從而更專注於保險產品的本身。這些撙節下來的業務成本，不但可以減少保險公司的經營成本，以提升他們在金融服務業的競爭力，而且壽險顧問的佣金收入比率也可因此提高。

到最後，客戶不再只是被動地接受保險公司的產品，
而是可以透過壽險顧問去和不同的保險公司爭取最佳的審核條件，
形成以客戶需求帶動業界走向的良性循環。

在這樣的模式運作下，客戶不但享受到更完整全面的金融服務，壽險顧問也可以逐漸發展爲獨立公司的運作型態，專職於金融理財的相關服務，而不至於被公司制定的種種銷售制度綁住手腳。換句話說，壽險公司此時針對的客戶群已不再是普羅大眾，而是提供各式財務服務的壽險顧問，再經由壽險顧問的財務專業去爲一般民眾搭配出適合的金融理財商品。

而國外壽險業目前的現況已經發展至第三階段Producer Group：許多頂尖的壽險顧問（例如：ＴＯＴ級的壽險顧問）結合在一起，憑藉著雄厚的客戶開發實力，他們可以轉而主動向壽險公司要求開發何種商品，以滿足市場的眞正所需。

當然他們必須承擔一定額度的業務量，才能符合壽險公司的獲利目標，但對於已達ＴＯＴ級以上的壽險顧問而言，業務能力早已不成問題，只是一直苦於被不夠良善的產品所限，因此當他們可以主動參與產品的設計方向

時，業績自然可以獲得更大幅度的提升。此時，壽險公司更走向產品端，因此部門功能愈趨精簡成了各家壽險公司的演變趨勢，甚至連精算部門都可以外包給顧問公司，相形之下，負責產品審核、發展的部門則更受重視。

在經營成本大幅刪減下，壽險公司除了可以更加專注於研發產品，所提供的佣金比率更可以再往上提升，大大提高了壽險顧問的銷售意願，雙方都互蒙其利。到了這一階段，客戶不再只是被動地接受保險公司的產品，而是可以透過壽險顧問去和不同的保險公司爭取最佳的審核條件，如此才能形成以客戶需求帶動業界走向的良性循環。

相較之下，台灣壽險業未來要走的路還很長，除了壽險顧問自我期許的心態轉換外，仍須配合壽險公司及主管機關財政部的觀念改變。其中，壽險公司是否願意放棄老大心態、以經銷商的定位來看待壽險顧問，財政部是否願意放寬限制等等問題，都是關係到台灣壽險業能否真正轉型的關鍵。我真

壽險公司是否願意放棄老大心態、以經銷商的定位看待壽險顧問，
財政部是否願意放寬限制等等問題，
是關係到台灣壽險業能否真正轉型的關鍵。

心期待有朝一日能見到客戶、壽險顧問、壽險公司的三贏局面爲台灣壽險業展開另一頁的新扉。

逆流而上
——MBA壽險業務員黃志明

鍾倩鳳

堪稱去年全台收入最高（超過新台幣兩千萬元）的壽險業務員黃志明，今年可望更上層樓，再創個人事業及收入高峰。究竟是怎樣的一個人，能一再地突破別人以爲不可能打破的限制，屢創佳績？

二〇〇一年我因採訪工作而認識黃志明，老實說，他給人的初次印象很深刻。或許是出於工作習慣，或是天生個性使然，大多數的業務員總掛著與人爲善的笑容，但黃志明臉上卻常流露著冷峻、淡漠的神情，令人感到難以靠近。

因緣際會接下了這份撰稿工作，事隔一年後再度與黃志明碰面，開始對他有了進一步的認識。我漸漸發現他其實是個很坦率直接的人，對專業的堅持及重視程度更不在話下；和他合作寫書的這段時間裡，他常常告訴我：「這個部分我不懂，全部交由你們負責。」這種對他人專業的信任態度，令人不難想見客戶們對他的工作專業是多麼信賴。

深入了解黃志明後，更發現他是一位勇氣十足、思考靈活、堅持到底的人，從他的學生時代開始，就有許多例子可以看出他的與眾不同之處。

就讀大同工學院電機系三年級時，因爲同儕們忙於準備應考研究所、預官、托福等大小考試，而無暇參與系刊編輯，黃志明毅然接下了這個從未嘗試過的挑戰，結果系刊如期順利完成的同時，他也考上了政大企研所並通過預官考試。

喜歡挑戰的黃志明在政大企研所就讀時，有些課程需要幾位同學一起合作做分組報告，他會「揀」大部分人最不願意做的差事，因此通常都是其他同學負責收集資料、撰寫報告，再由他做最後統籌整理並上台發表，回答老師不意丟出的問題。因爲他願意承擔起最大、最直接的壓力，所以自然能夠引導整份報告的大綱走向，無形中學會了如何完成團隊任務的領導功夫，更重要的是，因爲上台報告表現傑出，獲得老師頗高的評價，大大增添了他對自己抗壓與口語表達能力的信心，成爲日後工作上的一大助益。

「我喜歡挑戰，因爲挑戰過後，我會更清楚了解我的實力何在。」黃志明說。別人不願意做的事，交至他手中，都變成一次次有意義的學習機會，不是因爲他幸運，而是他清楚了解，每一次的困難都是一個尚未拆封的成長試驗，所以他無不戮力以赴。誠如鴻海電子董事長郭台銘說過的一句話：「挑戰之後最好的報酬就是不斷地成長。」黃志明從每次挑戰成功的經驗中，累積出深厚的自信，也逐漸開始描繪出未來的方向與輪廓。

升研究所二年級的暑假，台灣花旗銀行提供了兩個暑期實習的名額，黃志明由國內外四百多位申請者的激烈競爭中脫穎而出，獲得了這個機會。在花旗工讀期間的優異表現，曾經令一位全職的女同事沮喪地說：「爲什麼你每個禮拜只來公司兩天，報告卻比我每天待在公司寫得更好？」

但是這段實習經驗，卻讓他了解到自己的個性並不適合留在金融業發展，加上當時對ＭＢＡ學生「只會往金融界鑽、玩弄數字遊戲，對產業界沒有實質貢獻」的社會輿論，所以一九九二年自研究所畢業後，他決定投入製造業領域，擔任羅馬磁磚公司的總經理特助。進入羅馬磁磚的第二年，黃志明意外成爲公司的業務大將，他沒有因爲工作內容異動而心生怨懟，反而抱著盡量嘗試的開放心態，誠如他自己所表示的：「想要知道自己在業務方面的可能性有多少。」傑出的表現讓他更清楚掌握未來的事業方向：業務工作。

每當他人詢及爲何要以政大企研所這樣出色的學歷背景投入專業形象並不

突出的壽險業時，黃志明總是一派自信地回答道：「一點也不可惜，我的學歷背景使得我很容易在壽險界突顯出專業形象，所以能吸引很多客户的注意力，同樣的條件如果投入金融業或其他領域，要獲得現在的成就可能得花費數倍的心力與時間。」

不盲從他人的成功經驗、勇於選擇不同的人生道路，這就是他「寧願鶴立雞群，而非雞立鶴群」的成功哲學，要遵循這個成功哲學的前提是：必須有無與倫比的勇氣與自信。當身旁的同儕都走在另一條大道上時，他的勇氣使他願意忍受與周遭的人潮逆向而行所引發的質疑與批評，而他的自信令他投入壽險業後，每逢低潮挫折仍堅持不放棄，因爲他相信「一個人的願有多大，力就有多大！」

一九九四年底進入壽險業後，黃志明首年的佣金收入即達一百三十三萬元，以新人之姿迅速晉身百萬圓桌會員（ＭＤＲＴ）。不過，全力衝刺後的心理、生理疲乏，令他在第三年初即陷入事業低潮，前半年的業績好不容易才跨出二十萬元的門檻。

由於前一年的努力，使黃志明得以在一九九六年六月前往雪梨參加百萬圓桌國際大會，親眼見到許多國際級的壽險巨星。這些前輩們在壽險這條路上早已創造出他之前所無法想像的巨大成就，而他們身上的共同特質之一就是有遠大目標，不畏眼前的挫折與打擊。感染到這些Top Sales身上散發的氣質風範，黃志明彷佛突然被灌注了許多能量，回國後立即又生龍活虎地投入工作；經過下半年的奮鬥，那一年的業績收入再度衝到八十幾萬。

這股衝勁持續到一九九七年，一整年下來的業績收入雖達一百六十多萬，但是習慣做長遠思考的他不禁產生疑惑：如果拚盡全力只換來這麼小幅度的成長，那麼我在壽險業的未來將是如何？此時一張意料之外的高額保單彷佛恰巧給了一個解答，黃志明開始認眞思考自己壽險生涯是否該轉型了。

一九九九年的下半年，做好專業充實準備的他，決定專心開發高額保單，黃志明回憶道：「轉型之前，我的業績曲線滿平穩的，但是決定轉型後，反而高高低低地很不穩定。」曾有長達半年的時間，拜訪過的五十位客戶一一拒絕了他。那年底，一對夫妻終於點頭，使得幾乎半年沒有進帳的業績表大幅逆轉，黃志明壽險生涯的另一個階段於焉展開。

因爲黃志明在早期時培養的客户基礎（Client Base）及業務實力都相當深厚扎實，所以當他順利踏出轉型的第一步後，後續的壽險事業便一路起飛，接下來的數年間，他每年的業績數字都成倍數成長。

他將自己的客群鎖定在新竹科學園區三十五歲至四十五歲的高階主管，因爲「這個年齡層的人，最能接受資產規畫的觀念，財務狀況很單純，身體也很健康。」即使好友想爲他介紹一位五十幾歲的高科技公司老闆，他也寧願放棄，因爲說服一個大老闆的時間，可以成交兩張高階主管的保單，後者的投資報酬率更高。

經由客户不斷地轉介紹，黃志明將發展觸角伸及到半導體及ＩＣ設計兩大領域，台積電、聯電、聯發科技、智原等等高科技公司裡，都有許多他的客户。現在，黃志明已有超過六百位的保户，「有時候，我去和新客户洽談保單時，還會正巧碰上舊保户，他們都大感意外。」黃志明笑著説。

歷經兩年多的耕耘，黃志明終於在二〇〇二年，也就是投入壽險業七年後，坐上這個領域的最高榮譽寶座——頂尖圓桌會員（ＴＯＴ），他是國內獲此殊榮的第一人。對他而言，成爲國內第一的意義在於，證明了有更多的客户深信他對工作的最大堅持——專業，而這就是黃志明一路走來在工作上絕不放棄的自我要求。

在以專業形象著稱的同業面前，黃志明依然信心十足，因爲「我的專業比他們強。」「他是一個很『聰明』的人。聰明不單指他學習事物的快速，更在於他的思考很深遠！」保德信首席壽險顧問賴淑玫清楚指出黃志明與其他業務員最大的差異。

除了懂得爲生涯做長遠規畫，他在工作上的許多考量，也都有其深意。剛進入壽險業時，他就毅然地聘請祕書爲他處理文書資料等雜事，「因爲我要將寶貴的時間投注在我擅長的行銷上。」現在黃志明身邊的三位祕書各司其職，使他的壽險工作能運作地更順利流暢，而他每年付出的助理薪資就超過一百萬。目前黃志明在新竹科學園區的客户人數佔總客户人數的四分之一，但來自這些科技新貴的保費收入，卻佔了所有業績的九成，所以他每週都會安排兩天時間到新竹拜訪。每次前往竹科，僱請司機及租用賓士車都得增加六千元的開銷，捨棄家中奧迪名車不開的黃志明認爲「很值得」，因爲他除了可以利用在車上的時間專心思考、養精蓄鋭外，也能順道接送客户前往其他地方辦事，這樣貼心的加值服務自然令客户感受大不相同。

黃志明除了給予客戶專業上的建議，他還舉辦過數次財務座談會，提供平日公務繁忙的保户們，另一個進修投資理財知識的管道。幾次下來，這個財務座談會的成效令保户、講師及黃志明三方都獲益匪淺；擅於營造雙贏甚至是多贏局面的策略，是黃志明令人深感佩服之處。

從黃志明身上看不出長期業務工作所帶來的倦怠，因爲他不斷追求自我層次提升。他眼裡所看到的不再只是個人業績，而是如何以企業化模式經營壽險工作，以及如何促進壽險業未來的發展。今年七月從美國田納西參加百萬圓桌國際大會回來後，我問他這次的心得，他雙眼一亮說：「看到許多國外目前的經驗與模式，眞希望台灣壽險業也能及早迎頭趕上。」

郭台銘曾經說過，當一個人成爲第一名時，會有一派人拚命想超越趕過他，另一派的人則極力想將他拉下寶座，這幾句話或許可形容黃志明現在的處境。但是他心裡知道，下一階段的奪冠目標，早已超越壽險業範疇，而是難度更高的「私人理財顧問」領域。

每一段成功故事的背後，必定藏著許多辛苦的插曲，關鍵在於每個人遇到這些困境時的態度。黃志明看待許多事物，都有深遠的見解，雖然當下會遭到質疑或反對，但日後他總能以成功的結果證明之前的想法是正確的，這是他能有今日成就的主要原因，也是他與眾不同之處；這種格局及遠見是我從他身上得到的最大收穫。

這本書的內容除了記錄他的奮鬥故事，還有很多的篇幅是敘述他在多年壽險工作中累積的感觸和心得，我想這是更彌足珍貴的部分。不論您正從事何種性質的工作，都期盼各位能在閱讀黃志明工作生涯的每一段故事時，感染到他的自信與勇氣，並獲得一些對工作有所助益的新觀念與想法。

INK publishing

作　者　黃志明
發行人　張書銘
社　長　初安民

責任編輯　陳嬿文　黃筱威
文字整理　鍾倩鳳
美術編輯　張薰方
校　對　黃筱威　陳嬿文
出　版　INK印刻出版有限公司
台北縣中和市中正路800號13樓之3
電話：02-22281626
傳真：02-22281598
e-mail：ink.book@msa.hinet.net
法律顧問　現代法律事務所
郭惠吉律師　林春金律師

總經銷　成陽出版股份有限公司
訂購電話：02-26688242
訂購傳真：02-26688743
郵政劃撥　19000691　成陽出版股份有限公司
印　刷　海王印刷事業股份有限公司

出版日期　2002年9月　初版一刷
2002年9月20日　初版七刷
定　價　260元

ISBN 986-7810-03-1

國家圖書館出版品預行編目資料

總裁業務員／黃志明作．－－初版，
－－臺北縣中和市：
INK印刻，2002〔民91〕面；　公分
－－（People；1）
ISBN　986-7810-03-1(平裝)
1.黃志明-傳記　2.保險　3.成功法

563.7　　　91015207

INK